ちくま文庫

新版　レミは生きている

平野威馬雄

筑摩書房

目次

本書は一九五九年に東都書房、一九七七年に講談社より単行本として、また一九七九年に講談社文庫、一九九三年にちくま文庫として刊行されたものを新版にかえて再度出版した作品です。

本文中には、今日の人権意識と照らし合わせると不適切・不適当な表現が含まれている箇所がありますが、著者が既に故人であること、また執筆当時の時代背景および作品の文学的価値とに鑑み、そのままとしています。あらゆる差別について助長する意図はありません。

レミは生きている

挿画　和田誠

まえがき

日本の少年少女に、ほんとうのことをわかってもらいたいと思って、この本をかきました。

おなじ人間として生まれながら、顔かたちがかわっているというだけで、差別あつかいされ、毎日、悲しい思いでくらしている「混血児」にかわって、ぼくは、この本をかいてみました。

ぼくも混血児です。でも、ぼくなんか、まだまだ幸福でした。

ところが、戦争に負けた日本がおしつけられた「あいのこ」たちは、たとえどんなに、うわべは楽しそうでも、ほんとうは幸福ではありません。

おとなのひとにうったえるだけではだめだと思ったので、こんどは、少年少女のみなさんに、ちょくせつ、よびかけてみたかったのです。

この本は、ぼくのおさないころからの、ほんとうの話です。ずいぶん弱虫なやつだ……と思うかたもいるでしょうが、どうにもしようがなかったのです。そのわけも、この本に、くわしく、かいておきました。

どうか、みなさん、かたすみにわすれさられようとしている混血児たちの、やさしいお友だちになってあげてください。そういうお友だちが、ひとりでも多くふえることが、いちばんうれしいことなのです。いつまでも、日本が、平和なよい国であるために。

平野《ひらの》威馬雄《いまお》

こわい物売り

ぼくがまだ小学校にあがるまえ、横浜には、こわい「物売り」がいた。中国の人買い船から、いけない子を買いにくるのだという。人買いは、

「いたずらものは、いないかなあ……。」

といって、町をふれ歩く。

夏の昼、やけるように暑い日など、庭の木かげにハンモックをつって、うつらうつらとねむっていると、下町のほうから、この声が、まのびした、ぞうっとするような節《ふし》をつけて、きこえてくる。

ぼくは、とうとう、そのおそろしい人買いのすがたを見ずにしまったが、なんでも、おとなのひとの話では、髪の毛を、長く、まるで、へびみたいにあんで、うしろにたらした中国人で、せなかに大きなふくろをしょっていたという。

「そのふくろの中に、いたずらものが買われて、おしこめられているんだよ。」と、おとなのひとは教えてくれた。

大きくなってわかったのだが、この「いたずらもの」というのは、家の中をあばれまわるねずみのことで、その物売りは、島根県の石見《いわみ》銀山《ぎんざん》ねずみとり（つまり、ねこいらず）を売ってあるく、薬の行商人だった。

横浜には、いろいろな国の人が、むかしから、おおぜいきて住んでいた。だから、わりあいに、外国人にたいして、よそよそしくなかったし、べつに、外国人をけぎらいすることもなかった。だが、それは、ほんとうの外国人にたいしてだけだった。外国人と日本人の間に生まれた、いわゆる混血児にたいしては、なぜか冷たかった。

中国人でも、アメリカ人でも、フランス人でもない。むろん日本人でもない……。へんな顔をしたあいのこ人というのが、横浜にはたくさんいて、西洋人そっくりの顔なのに、英語ひとつしゃべれない。日本語ならうまいものだった。

ぼくはよくおぼえているが、いまの横浜桜木町駅を横浜ステンショ（ステーションのこと）といい、いまの汐留《しおどめ》貨物駅が、東京でただひとつの、汽車のとまる新橋駅だったころのことだ。

新橋の橋のそばに、いまでもあるてんぷら屋の橋善《はしぜん》という店が、なわのれんで、居酒屋《いざかや》みたいにだれでもはいれる店だった。ごはんのじぶんになると、労働者や職人がおおぜい食べにきて、まるで、浅草の食べ物屋みたいにこんざつしていた。

銀座通りには、二頭立てのうまにひかれた箱馬車が、鈴の音《ね》をひびかせて、レールの上を走っていた。鉄道馬車というのだが、はばのせまい銀座通りをのろのろと走って、浅草の雷門《かみなりもん》までの往復が十銭だった。日本橋が木の橋で、室町《むろまち》の三越では、和服を着た店員が、たたみの上で商売していた。

ずいぶんむかしの話だ。明治三十年ごろだと思う。汽車が新橋と横浜をいったりきたりするだけで、片道が十六銭だった。

さて、そのころ、横浜の本町通《ほんちょうどお》りから、海岸通り、メリケンはと場から、イギリス領事館《りょうじかん》のあたりいったいに、毎日ふうがわりな光景が見られた。

顔かたちのかわった、西洋人らしい青年が、日本人の車屋さんにまじって、腹がけはんてんすがたで、人力車をひっぱりながら、

「だんな、帰り車でございます。乗ってください。お安くまいります。」

と、通行人によびかけているのだ。

まっ白な顔に、よく見ると、そばかすがいっぱいあり、見あげるほどにせいの高い青年で、髪の毛はまっかだ。そして、目の色ときたら、港の水より、もっと青いのだ。

「ああ、これが、横浜名物の『あいのこ』というものだな。」と、お客は好奇心で乗ってやる。

「りっぱな異人さんなのに、英語が話せないなんて、ふしぎだな。」と、お客は思う。

この、ふしぎな異人さんは、日本人の車夫から、はいせきされ、なかまはずれにされている。

「半毛唐《はんけとう》（半分西洋人で、半分日本人のこと）なんかに、お客をとられてたまるものか。」と、いじわるをするのである。

それから、もうひとつ、こんな風景もあった。

「まじり（あいのこのこと）のくせに、なまいきだぞ！」

はと場人足たちが、ひとりのあいのこをかこんで、どなっている。なかには、おもしろがって、たけの棒でつっついているものもいる。

まじりとののしられた青年は、くやしそうに、なみだをかくしながら、直立不動だった。

「あいのこのくせに、おれたち沖人夫《おきにんぷ》のなかまにはいろうとしても、だめだぞ。」

ののしられ、たたかれながらも、青年は、あぶなっかしいどんどん橋を、こしもふらふら、やけに大きな荷物をかついで、本船から岸壁へと渡ってくる。なみだで、ほおがひっつれている。

日清《につしん》・日露《にちろ》の二度の大勝利で、すっかり心おごった日本人の目に、外国人が、日本の女性に生ませていった毛色のかわった子どもなど、けがらわしく、目ざわりだったにちがいない。

横浜には、こんな、かわいそうなあいのこが、おおぜいいた。あいのこたちは、学校にもいけず（戸籍《こせき》がないから）、世の中からはじきだされ、だんだんといじけていった。不良のなかまにはいっていくものも、すくなくなかった。

だから、かれらは、日本人がこわくてたまらない。しぜん、白人にしたしもうとする。が、白人からも相手にされない。ユーラシアン、ハーフカースト、ハーフブラッドとさげすまれ、いつもひとりぼっちなのだ。そのころの混血児が、ほとんど、ぐれん隊だったり、よた者だったりするのも、思えば、むりもないといえよう。

ぼくは、こうした中で、こうしたふしぎな世界の中で、生まれたのだ。しかも、あいのこのひとりとして。

おさないころの月日はこうして流れた

　ぼくのおさない月日は、横浜で流れた。

うちは、横浜じゅうがひと目で見おろせる野毛《のげ》の山のてっぺんにあった。そこからは、どんな小さな火事でも、ああ、どこの横町が燃えてるな……と、すぐわかったし、港を出たりはいったりする汽船も、手にとるように見えた。ぼくには、ああ、きょうはフランスの船がはいってきたな、ああ、きょうのは、アメリカの貨物船だな……ということまで、すぐわかった。

　冬の夜など、よく、火事があった。山下清くんなら、きっと大よろこびではり絵にするにちがいないような美しい火花とほのおで、町がめらめらと燃えていくけしきは、すてきだった。

　ぼくのうちは、東京なら山の手といえるところにあって、金持ちで、人がらのいい家にとりまかれていた。つまり、高級住宅のむれの中にまじっていたわけである。みんな、礼儀正しい人たちばかりで、ひっそりと、しずかにくらしていた。

ぼくは、年をとったおばあさんと、まだわかくて美しかった母、そして女中ふたりという、小人数の家族の中で育った。

父は五年に一度、八年に一度というていどにしか、アメリカからきてくれなかった。

母はひとりぼっちで、いつも、さびしそうだった。お客がくるのをよろこび、しぜん、おけいこごとに熱心だった。山田流というおことのしょうだの、お茶の先生などが、いつも、おでしをつれてきた。はなれの八じょうから、ことと尺八《しゃくはち》の合奏が、毎日きこえてきた。ぼくは、その音をきいていると、ねむくなってこまった。

父からは、汽船がつくたびに、いろんなものを送ってきた。それが、いつも、げんかんにはいりきれないほどいっぱいの品物で、物置や、庭の土間にまでならべておいた。あんずだの、いちじくだの、グレープフルーツだの、パイナップルだののかんづめ、いいにおいのするかし、しゃれた下着、二、三年つづけて着ても着きれないシャツや、くつ下や、洋服類などであった。

「こんなにたくさん、ほんとに、食べきれやしない。ご近所へあげても、まだ、こんなにのこってしまって……。」

母は、山のようなおくりものの前で、よく、こんなぐちをこぼした。

そのころ、アメリカのカリフォルニアのサンマテオという別荘地に、ひろびろとした日本ふうの庭や塔をたてて、のんびりくらしていた父は、日本人の大工や植木屋をおおぜいよびよせて、仕事をさせたり、学校へあげたりして、みんなから尊敬されていたらしい。でも、ぼくには父がどんなひとで、どんな仕事をしているひとなのか、想像もつかなかった。

よく、見も知らぬ、アメリカ帰りのおじさんたちが、わざわざあいさつにきて、

「アメリカのだんなさまには、ひとかたならぬおせわになりました。」

と、礼をいっていた。

アメリカで、そんなにのんびりくらしながら、なぜ、ぼくたち親子をよびよせてくれないのか。なぜ、ぼくたち親子と、いつもいっしょにくらしてくれないのか……。ぼくは、ふしぎでたまらなかった。

「おとうさんは、なぜ、早く帰ってこないの？」

ぼくは、おみやげよりも、父がほしかった。

「ほんとに、なぜでしょうね……。」

母も、ぼくと同じことを思っていたにちがいない。

混血児というものは、赤ちゃんのときが、とってもかわいい。とりわけ、二つ三つから、七つ八つまでのころが、フランス人形のようにあどけなく、きりょうがいい。

母は、よく、ぼくをだいて歩いた。もの音ひとつしない、しずまりかえった屋敷《やしき》町《まち》の夕ぐれ、さくらなみ木の下を、ぼくは、母にだかれて、よく歩いた。

近所のおばさんたちは、

「ほんとにかわいいお子さんですこと。」

といって、うばいあうようにして、ぼくをだきたがった。

けれども、それは、けっして、長くはつづかなかった。小学校へあがるころから、ぼくは、母と歩かなくなった。母も、なぜか、ぼくをあまりつれて歩かなくなった。近所のおばさんたちも、まえほど、ぼくにわらいかけなくなった。それどころか、ときには、ぞっとするように、冷たい目でにらむこともあった。

父からのおくりものは、あいかわらず、はんでおしたように、きちんきちんと、毎月送られてきた。金ぴか服の船長さんがさしずして、人足たちが、港から運んできた。

十じょうざしきいっぱいに、勢いよく走りまわる汽車、レール・シグナル・トンネル・停車場、それに、山や谷や森などまで送ってきたことがあった。

友だちが、まずよろこんだ。毎日毎日、おおぜい遊びにきて、むちゅうになって、汽車を走らせた。母は、それが、ほんとうにうれしそうだった。なみだをいっぱいためて、みんなに、うんとごちそうした。

いろいろな懐中時計《かいちゅうどけい》が、十も二十も、いちどに送られてきたこともある。そのころはまだ、日本になかった、夜の暗《くら》やみの中でもよく見えるけいこう時計もあった。洋室をまっ暗にして、黒い文字盤にうきでて見える針と数字を見て楽しんだり、カチカチという音に耳をかたむけたりした。それが、おさないぼくの時計の使いかただったし、せっかくのめずらしい時計も、それだけしかよろこびがなかった。

だから、どの時計も、ぼくにとっては、けっして実用向きではなかったのだ。つくえの上に、いろいろな時計をたくさんならべて、ドミノ遊びのこまのように、おきかえて遊んだ。

父のいない、さびしい母と子には、そのような、ぜいたくなプレゼントのこうずいだけがなぐさめになるのだと、父は思ったのだろう。だが、父のいないさびしさは、品物でなんか、まぎれはしない。

父からは、ローマ字つづりの手紙がくるようになった。かきだしの第一行には、きまって、「かわいいイマオさん」とかいてあり、ときには、「かわいいレミちゃん」とも、かいてあった。

レミなんて、ぼくには、なんのことか、わからない。

ぼくは、あるとき、母にいった。

「レミってなあに？　ぼくの名前はイマオなのに、おとうさんてば、レミ、レミって、かいてくるんだもの……。へんだなあ。」

母はにっこりわらって、ぼくの頭をなでながら、なにかをじっと思い出すように、目をうっとりさせながら、そのわけを話してくれた。

「あのね、おとうさまは、子どものころ、エクトル＝マローという小説家のかいた『家なき子』というお話がだいすきで、いつでも読んでおいでになったのですって。

そして、そのお話の中に出てくる、レミという男の子がだいすきでね、この子はかわいい、とか、この子はかわいそうだ、とか思って、おとうさまは、思わずしらず、レミとよんでしまうようになったのですって……。だから、おとうさまにレミちゃんとよばれることは、おとうさまが、世の中でいちばんかわいいと思っててくださるしょうこなのですよ。」

だが、ぼくは、レミなんて名はいやだった。

「レミなんてよばないでくださいって、おとうさんにいって……。」

母は、だまってうなずくだけだった。

ところが、なんということだろう。レミというみょうな名が、いつのまにか、ぼくにとって、きってもきれない、縁のふかい名前になってしまったのだ。それは、ぼくのような混血児にこそ、レミという名が、ふさわしいよび名だと思うようになってきたからだ。

ぼくは、とうとう、ぼくをもふくめて、すべてのかわいそうなあいのこに、レミという名をつけるようになった。これはあとの話だが……。

母へは、つぎからつぎと、宝石や首かざり、毛皮のマフラーや指輪などが送られてきた。が、母は、そのどれひとつも、身につけようとはしなかった。

小がらで、なでがたの母には、どれも、にあわなかったということもあろう。しかし、それだけではなかったようだ。母は、ぼくの耳にいれたくない、あるひとつの声をおそれて、すべて、ぜいたくなはくらい品をさけていたにちがいない。

あとでわかったことだが、母は、「らしゃめん」という声を、死ぬほどおそれていたのだ。それは、むかしから、外国人のせわになっている、いやしい女のことをよぶ名前なのだ。


「おとうさんなんて、きらいだ。西洋人なんだってね！」

小学校へあがってまもないころのある日、ぼくは息せききって、ころげこむようにうちへかけこんで、大声で母にいった。

「まあ、この子は……。」

母は、だまってうつむいてしまった。

「きみんちのおとうさんは、西洋人だってね。異人の子なんだね、イマオさんは。」

いちばんなかよしの、健ちゃんという銀行家の子が、とつぜん、みんなの前でいったのだ。病院前のあき地で、おにごっこをしているときだった。

「うそだい……。そんなこといっちゃ悪いや。」

「イマオさんが西洋人の子なら、ぼくたちだってそうだよ。」

子ども心にも、そういって、みかたになってくれる友だちのことばはうれしかった。しかし、はじめてきく「西洋人の子」ということばで、ぼくは悲しみと怒りとに、いても立ってもいられなくなった。

なにに向かっての怒りなのか、なにがどう悲しいのか、はっきりとはしなかった。……が、なんだか、いままでうそをつかれていたんだ、と思うと、たまらない気持ちだった。

母はじっと、悲しそうに、うつむいたままだった。

「いやだい、ぼく。……いやだい、西洋人なんて……。」

母のひざにしがみついて、泣きじゃくり、すすりあげ、いやだい、いやだい、……と、ぼくは、くりかえした。

母は、おろおろするばかりだった。

「あなたのおとうさまは、りっぱな、それは、おえらいかたなのですよ……。だれが、どんなことをいおうと、だれよりもえらいかたなのよ……。」

母は、ぼくの頭をやさしくなでながら、ささやくように、口の中でいった。へんだ。どうしてもへんだ……。それまで、ぼくは、なぜ、うたがわなかったのだろう。父の顔だって、ぜんぜん、わすれたわけではない。

かるがるとぼくをだきあげて、大きな革《かわ》のソファーに半身《はんしん》をうずめ、よく、歌をうたってきかせてくれた父……。

朝から晩まで、バイオリンをひいたり、きゅうくつそうにすわって、絹の布にすみ絵をかいたりしていた父……。

しかし、髪は茶色に銀色がまじり、水色の目と、高い鼻の、どうどうとした大きなひと……。

ぼくはそのひとを「おとうさん」とよび、どこへでも、いっしょについていった。遠い海岸や、お寺の多い町（それが、大阪に近い浜寺《はまでら》の海岸、京都の町だということはあとでわかったが）、……どこへでも、そのひとは、ぼくをつれていった。

ぼくをレミとよんだひと。「スワニー川の歌」や、「ライ麦畑の歌」の節を教えてくれたひと。

あのときには、すこしも西洋人だの異人だのという気がしなかった。どこのおとうさんよりもやさしくて、元気で、子どものようによくさわいで、楽しいひとだった。あのひとが……。

そうだ、ぼくは健ちゃんから、

「きみのおとうさんは西洋人なんだってね。」

といわれたしゅんかん、目の前に、おそろしい異国人の顔が、かっと、仁王《におう》さまみたいに、まっかな口をあけ、金色の目玉をむいて、ひと飲みにしようとせまってくるような、まぼろしを見たのだ。

「そんなこと、うそだい。……ぼくのおとうさんは、やさしい、おもしろい、しんせつなひとだもの。……西洋人なもんか。そんな……。」

しかしそのとき、ぼくは、なぜか、強くうちけすかわりに、

「ああ、とんでもないことになった。……これはたいへんなことになった！」というような、どうしていいかわからない、いらだたしい思いにせめられたのだ。そして、いまのいままで、あまい、なつかしい、海の向こうのふるさとのようなおとうさんが、とたんに、「あのひと」「あのおじさん」という、よそよそしい、あじけな

いものになってしまった。

うそをつかれていたのだ。だまされていたのだ。「あのひと」は西洋人だったのか……。

この怒りは、どこへもっていけばいいのだろう……。母が悪いのではない。むろん、おとうさんだって悪くはない。それでは、ぼくだけがいけなかったのかしら……。

母は、

「かわいそうに……、ごめんなさいね……。」

と、ハンカチを目にあてたまま、くりかえした。

ぼくは、このとき、父が西洋人だったということよりも、もっとさびしい、悲しいものが、どこかにあるような気がした。つかみどころのない源《みなもと》のようなもので、どこにあるのかわからないが、たしかに、そんなものがあるような気がした。

だれでも、子どものころの思い出でいちばんなつかしいものは、母の愛のしぐさと、いつもいっしょに遊んだ親しい友だちのことだろう。

ところが、ぼくには、親しい友だちがなかった。おおぜいで遊ぶときは、なんということもなく、無心でなかま入りをした。けれども、とくべつなかよしの友だちはいなかった。

生まれつきひとなつこく、あいきょうのある子どもだったぼくのことだから、だれとでも、すぐ親しくなってしまうのだった。みんなも、ぼくのことを、たいへんすいてくれた。だがそれも、長くはつづかなかった。

いっしょに遊んでいると、その子のおかあさんか、ねえさんかがきて、こそこそと耳うちをする。すると、その子は、

「ぼく、もうやめたっと。帰ろう、帰ろう。」

といって、どんなに遊びにむちゅうになっているときでも、ぼくをのこして、さっさと帰ってしまうのだった。

ぼくが、自分では気がつかない、いけない子で、いたずらっ子だからなのかしらと、子ども心にも、ぼくは、さびしく反省した。

そんなとき、おとなのひとが通りかかって、

「あら、あいのこだわ。」

「かわいいわね。」

と、こっちをふりかえったり、指さしたりすることがあった。

まだ、ぼくには、あいのこということばの意味がわかっていなかった。ぼくだけがあいのこで、ほかの子はだれもあいのこではないのが、かえってふしぎに思えるくらいだった。

「ぼく、あいのこなの?」

母にきけば、母はさびしそうにうつむいてしまう。

「ねえ、おかあさん、ぼく、なぜ、あいのこなの?」

いくらきいても、母は答えてくれなかった。

おばあちゃんが、みかんの皮をきれいにむき、すじをとって、「さあお食べ。」と持ってきてくれた。

「ぼうやは、そんなこと、ちっとも気にすることはないよ。よその子がうらやましがって、そういうのだからね。ぼうやほど、おもちゃや、いろんなもの持っている子は、いないものね……。だから、あいのこだなんていうのだよ。」

おばあちゃんの話をきくと、おとうさんから、いろんなものを送ってもらうことが、あいのこのもとらしい。

しかし、ぼくは、おもちゃなんか、ひとつもほしくなかった。なんにもいらない。ぼろぼろの着物を着ていても、あいのこでないほうが、どんなにいいかしれない。……でも、ぼくには、まだ、あいのこということばの意味がわからなかった。

気の弱いどろぼうが、ぬすんだものをたくさん戸だなにかくしておく。はじめは、それをながめてよろこんでいるが、だんだんとふえていくにしたがっておそろしくなり、しまいには、ひと目見ても、ぞっとするようになる。あまりのおそろしさに、しまいには、とうとう、そっくり焼きすててしまうか、警察へいって、すっかり白状してしまう。そして、もとどおり、なんにもなくなって、はじめて、気持ちが明るくはればれとなる……。へんてこなたとえだけれども、ぼくは、父からいろんなものを送られるたびに、こわくなった。そのたびに、「あいのこ」「西洋人の子」という、おそろしいことばが、はっきりときこえてくるような気がした。

ぼくは、ただもう、なんにもなくてもいいから、おかあさんとぼくに、西洋人でないおとうさんをあたえてください……と、いのらずにはいられなかった。

ちょんきな屋のレミちゃん

　ぼくは、ひとりぼっちになると、きまって、野毛《のげ》の不動《ふどう》さまへ遊びにいった。うらない屋、しるこ屋、つくばね売り、七色とうがらし売りなどが、せまい坂道の両側にならんでいて、なんとなくにぎやかなお不動さまだった。

　このお不動さまには、水行場《みずぎょうば》があった。そこには、寒中でも、はだかの荒行者《あらぎょうじゃ》が三、四人、ふしぎなじゅもんをとなえながら、氷のような水を頭からかぶっていた。ぼくは、よく、そんなことができるなあ、と、いつも感心して、のぞいてみるのだった。

　水行場の前には、にごった、みどり色の大きな池があって、いつも、ぶくぶくと、まるいガスの玉を水面にふいていた。池はいちめんの岩で、岩には、何百ぴきと、数えきれないほどたくさんのかめの子が、日なたぼっこしていた。水行場から流れてくる冷たい水が、足もとの小じゃりでうずをまき、夕日がさすと、金色のほこりのように、きらきらと反射して、きれいだった。ぼくは、ここにきて、口をきかないかめの子と遊ぶのがすきだった。

あいのこは、ひとなみはずれていたずらっ子だといわれたが、ぼくは、いたずらっ子だったとは思わない。いたずらなんかするよりも、ひとりぼっちで遊んでいるほうがよかった。かめの子を相手に遊んでいることが、いたずらとは思えない。

木のえだを折って、かめの子の口に近づけると、かめの子は、ぱっくりと口をあけて食いつく。いったん食いついたら、なかなかはなれない。だから、木のえだをひっぱると、かめの子はひとりでに、こっちにつられてくる。

いつのまにか、ぼくのポケットには、かわいいかめの子が一ぴき、ちょこんとおさまっていた。

「だれだ！　どこのいたずらっ子だ！」

このとき、水行場から、車いどのまわる音が消えて、頭からびしょぬれの行者が、格子《こうし》まどから、おそろしい顔でにらんでいた。ぼくは、あまりのすごさに、ぶるぶるっとふるえた。

「さあ、かめの子を出せ！」

白い衣を着たのが三人ばかり、どやどやっと出てきて、ぼくをとりまいた。

「あっ、こいつ、あいのこだな！」

行者のひとりが、さもにくにくしそうにいった。

「けがらわしいやつだ！　神さまのかめにさわりおって！」

すんでのことに、なぐられるところだったが、このとき、わかい女のひとが通りかかって、怒りくるった行者たちをなだめ、ぼくを助けてくれた。

「ぼっちゃん、こわかったでしょう。」

とっても色の白い、きれいな女のひとだった。

「さあ、おうちへいらっしゃいね。」

手をひいて、この場からつれだしてくれた。やわらかな手だった。ぼくは水行者たちにかこまれたときよりも、胸がどきどきした。

女のひとのうちは、お不動さまから近かった。同じような家が七、八けんほどならんでいる長屋《ながや》の一けんだった。

「かわいいぼっちゃんねえ。」

おくのほうから、べつの女のひとが出てきて、

「さあ、だっこしましょう。」

と、まっ白な両手をさしだした。ぼくはすっかりてれてしまった。はずかしくなって、つれてきてくれたおねえちゃんのたもとのかげにかくれた。

よほどおなかがすいていたのだろう。出してくれるおかしを、みんな、平らげてしまった。そのうちに、つかれが出て、こっくりこっくり、ぼくは、女のひとのひざの上でねむってしまった。

何時間ねむっていただろう。目がさめたときには、もう、うす暗くなっていた。となりのへやから、しゃみせんに合わせて、へんてこな歌がきこえてくる。きいたことのない歌だった。ちょんきな、ちょんきな、……という歌声だけが、はっきりときこえて、女のひとの声と男のひとの声が、まじっていた。

ぼくはなんだか、こわくなり、いっさんにかけだして、外に出た。

外に、しょんぼり、女の子が立っていた。古ぼけたお人形をかかえて立っていた。

「こんにちは。」

その子は、にっこりしながら、おじぎをした。ぼくと同じ年ぐらいの、かわいい

女の子だった。

が、その顔を見て、ぼくは思わずはっとした。ぼくのような子だった。やっぱり、目が青く、金色の髪、長いまつげ、まっ白な顔、フランス人形のような子だった。

「おにいちゃん、帰るの？」

女の子は、さびしそうに、そばへよってきた。

「うん……。」

「おうち、どこなの。」

「お山の上だよ。」

「あたしナンシーよ。レミちゃんともいうの。……遊ばない？」

「ええ？　レミちゃんだって？」

「ええ、レミちゃんよ。」

ぼくは、ぼくのほかにも、レミという子がいるのにびっくりした。

父が、かわいそうな子をさして、レミというのだ……と、母からきかされたことを思い出して、この子は、きっとかわいそうな子なのだろうと、ぼくは思った。きっと、ぼくみたいに、いじわるな子どもたちに、あいのこ、あいのこと、よばれているのかもしれない……。そう思うと、とたんに、兄弟みたいな親しみがわいてきた。

「きみのうちどこなの？」

「ここよ。」

「それじゃ、いま、ぼくがいったおうち？」

「ええ。……いま、お客さまなの。つまんないわ。」

「お客さんて……あの、へんな歌をうたってるおとなのひと？」

「ええ、そうなの。……お客さまが帰らないと、おうちへ、はいれないのよ。」

「それじゃ、ぼく、遊んでやろうか。」

「遊んで、……ね。」

「うん。……きみのおかあさんなの？　あのきれいなおばさん……。」

「そうよ。」

「おとうさんは？」

「いないのよ、はじめっから……。」

レミちゃんには、そんなこと、どうでもよかったんだ。それより、やっぱり、友だちがほしかったんだ。

このかわいい女の子は、そのつぎの年、ぼくと同じ小学校にはいった。

うちへ帰ると、母は、はなれでおことをひいていた。

それから、何日かたって、女中のヤエが、ぼくを、ろうかのすみっこへひっぱっていった。

「ぼっちゃん、ちょんきな屋へいったでしょ。」

ヤエは、なぞのような目つきで、ぼくをのぞきこんだ。

ぼくは、なんのことかわからないのに、どきっとした。耳のはしっこまで、赤くほてってきた。かっとしたのだ。はずかしいような気持ちがしたからだ。

「ちょんきなまで見たのですってね。」

ヤエは、いじわるないいかたで、にらむような顔をして、なおも、たたみかけてくる。

ああ、あの歌がそうだったのか……と、ぼくは、いけないものを見たように、はずかしくなった。

ヤエは、買い物にいったとき、おさななじみの友だちにあって、ぼくが、そのひとのところへつれていかれたことを知ったのだ。

「あそこに、レミちゃんていう女の子いたでしょう。」

「いたよ。」

「かわいい子だったでしょ。」

「うん……。」

「おんなじなにでも、ぼっちゃんとは大ちがい……。とってもかわいそうな子なんですよ。」

あとは教えてくれなかった。

レミちゃんのお友だちは、まだ、あのお人形ひとりぼっちかしら……。遊びにこないかなあ……と、ぼくは、あれから、心待ちにしていたのだった。

ちょんきな屋というところは、おそろしいひとばかりいくところで、けっして近よってはいけないということ、そして、ちょんきなおどりは、もっともっとこわいおどりで、魔法《まほう》の力をもっている……というようなことを、ヤエは教えてくれた。

かめの子池と、水行場と、あやしいまでにきれいだった、やさしい女のひと。

……その思い出は、いまもなお、あのさびしそうなレミちゃんのことが目にうかぶごとに、よみがえってくる。

悲しいくせ

母のことを思うと、いまでもじっとしていられない。母は、自分の身よりも、おさないぼくの気持ちを暗くしないようにと、なみだが出るほど気をつかってくれるのだった。

こんなことがあった。出入りの職人たち——大工さんだの、植木屋さんだのに、「のこ」ということばを、けっして口にしないようにたのんだのは、母だった。

職人たちが、仕事をしながら、なかまの者に、ついうっかりと口をすべらして、

「おい、ちょっと、のこをとってくれ。」

とでもいおうものなら、母の顔色は、さっとかわった。それは、ぼくが、あいのこと、かげ口をきかれるたびに、悲しそうなようすをするのを、まのあたりに、いつも見せつけられているからだった。母は、そんなことにまで気をつかって、あいの

このぼくを、世間の、あらい風や雨から守ろうとしたのだ。

だから、ぼくがいじめられて、泣いて帰ってくると、母は、気がおかしくなったようになって、外へとびだした。が、たいていのばあい、とちゅうから、さらにいっそう、さびしそうなようすで、もどってきた。

「ああ、みんなにさげすまれているのは、イマオだけではなかったのだ。」

と、母は気がついたにちがいない。げんに、ぼくは、近所のおばさんたちが、母を「らしゃめん」とよんでいるのをきいたことがある。

だが、そのころのぼくには、あいのことといい、らしゃめんといい、そのほんとうの意味なんか、いっこうわかりはしなかったのだった。ただ、ぼくたち親子をいじめるために、みんながとくべつにこしらえた、いやなひびきをもったことばだとしか、思っていなかった。

「うちのイマオと遊んでやってちょうだいね。」

「とまっていらっしゃいよ。イマオといっしょにねてちょうだいね。」

母は、いじらしいほど、近所の子どもたちをちやほやした。あさましいほど、ごきげんをとろうとつとめた。

「遊んでやろうかな。」

だんだん、ずにのってきて、こんなおとなみたいな、かけひきをする、はなたれ小ぞうもあらわれた。母は、それでも、じっとこらえて、ぼくのために、客引きのような態度をとった。やがて、

「ヒラノのところへいくと、はくらいのおかしや、おもちゃをたくさんくれるよ。」

という声が、ほうぼうからおこった。

母は、ぼくがいじめられないように……どこへいっても、石を投げられたり、たけの棒で追いかけられたりしないように……と、いっしょうけんめい、友だちをもてなした。

けれども、それさえも、やがては、思いがけない反響をよぶようになって、もろくもくずれてしまった。

「ヒラノのところへ遊びにいくやつは、いやしんぼうだ。」

「あいのこ人（そのころ、横浜の子どもたちは、あいのこ人とよび、なんのことかわからぬままに、一種のめずらしい人種あつかいしていたらしい）のところへいくやつは、こじきこんじょうだってさ。」

「らしゃめんが、あいのこをかわいがってもらいたいものだから、おせじをつかってるんだ。」

母はそれをきいて、どんなに泣いたことだろう。そんなうわさを、どこからかききいてくるたびに、

「かわいそうにねえ……。ほんとにかわいそうにね。あなたには、なんの罪もないのにね……。おかあさんがいけないのよ。……ぼうやには、ちっとも、そんなことされるわけはないのにね……。」

と、母は泣きくずれた。

母がことの音《ね》を合わせようとして、いつまでも、いつまでも、十三本の糸の調子が合わず、ときどきことじがピシャリ！　と、大きな音をたててたおれたりするのを、へやをへだてていると、おさない心にも、母がまた、ぼくのことで、心に大きなショックを受けてきたのだな……ということが感じられて、暗い、たよりない気持ちになるのだった。

ああ、あのときの母のさびしい横顔、ことじのたおれる音。さらに、さむざむとした「母と子」の悲しみのさぐりあい。――そうした日々を思い出すと、いまでも、

胸がしめつけられる思いだ。

ときどき、客間のまどガラスが、どえらい音をたてて、ガチャーンとわれた。びっくりしてかけつけると、おもてに三、四人のわんぱく小ぞうがかたまって、

「やあい、くやしかったら、出てこい！」

とわめいていた。

「なにをするんです！」

と、母が顔を出すと、

「やい！　子どものけんかに親が出る。やあい。」

と、いっそう、険悪になってくるのだった。

ぼくは、はじめ、それがとてもこわかった。しまいには、殺されるんじゃないか、と思ったこともある。

迫害は、子どもたちの世界ばかりではすまなかった。

「ほら、……あのひとだよ、あいのこのおかあさんは。」

「あんなにいいきりょうなのに、どこがよくって、外国人といっしょになったんだろうね。」

「きっと、らしゃめんあがりなんだろう。」

そんな声もきかれた。

母は冬になると、そう寒くもないのに、江戸紫の、ずっしりと重いちりめんでこしらえた、おこそずきんで、花のように美しい顔をかくして歩いた。なるべく人に顔を見られたくなかったのだろう。

しかし、人に顔を見られたくないのは、母だけではなかった。ちびすけのぼくだって、冬がいちばんすきだった。それは、いまでも、やっぱり同じことだ。いまでも冬がいちばんいい。冬になれば、えりまきだの、マスクだのを使って、この、高くとびでた鼻をかくせるからだ。ひと目で、ほんとうの日本人ではないとわかるような目じるしが、悲しかったのだ。どうどうと歩きたかった。

小学校や幼稚園のころから、ぼくは、外へ出るまえに、おさない心に、かくごと用意をおこたらないようになっていた。うっかり、鼻をむきだしにして歩くと、

「おや！　あの子、外人だな。」

とふりかえられる。

「いくわ、あれ、ね、そうでしょ……。」

女のひとだと、ひそひそ、目と目で、ささやきかわす。まわりのどんなひくいささやきにも、七つ八つのころから、とくべつに耳がするどく、とくに、こっちに向かって投げられる、神経がひりひりとふるえた。群集の中から、とくに、ぼくは、気がつくようになった。意味をもった、どんなかすかな「視線」にも、ぼくは、気がつくようになった。だから、広い野っ原を、ただひとりで歩いているときだけが幸福で、心がはずむのだった。

こうして、ぼくは、いつのまにか、あわててハンカチかえりまきで鼻をかくす習性に、とりつかれてしまった。さびしいくせだ。

からからと落ち葉がまい、朝のしもがふかくなってくると、北極の鳥みたいに、うれしくなった。どうどうと、顔をつつんで歩けるからだ。

しかし、たえず心はいそがしく、自分を守ることで、きんちょうした。いつしか、朝起きると夜ねるまで、そんなきんちょうがつづくようになっていた。

そして、ぜったいに、ひとの横にすわらないようになった。横向きにならないようにつとめた。だれとあっても、しゃべっても、かならず、面と向かって身をかまえた。正面からならば、とっぴな鼻が、そうはっきりと、相手の目にうつらないからだ。そんなことが、何年つづいたことだろう。

わすれもしない、ある早春の、くもった夕方だった。

野毛の通りと、吉田町をつなぐ橋のひとつに、都橋《みやこばし》というのがある。

ぼくは、小学校の一年生だった。

橋のらんかんにもたれて、ぼくはポンポン蒸気のまるいけむりの輪を、ぼんやり、見おろしていた。上げ潮時の川のおもては、きれいにすんでいた。ポンポン蒸気のふなばたには、港にとまっている汽船の仕事を終えたカンカン虫が、黒山のようにあふれていた。

それは、カンカン虫が、一日のあらい仕事を終わって、帰ってくる時刻だった。

汽船にとって、港にただよう小麦色の水あかよりもおそろしいものは、ボイラーや、えんとつの中を、一航海ごとにふさいでしまう、おびただしいばいえんと、さびであった。カンカン虫というのは、その、さびや、ばいえんを、きれいにけずりおとす少年なのだ。みんな、十二、三さいから十四、五さいぐらいまでの小さい労働者である。朝は星の光をあび、夕方は月の光をあびて、頭にぼうしもかぶらずに、沖に出ていく。そして一日、ハンマーをふりあげて、カーンカーンと、さびをおとすのだ。日のくれごろになると、一日の労働で、手も足もまっ黒に、すす光りのした異様なすがたになって、ひとまとめにポンポン蒸気で運ばれてくる。

ぼくは、この一団の少年労働者たちの、元気いっぱいなすがたが、なつかしかった。あいきょうにあふれた、ぎょろぎょろ目玉がなつかしかった。そのたくましいすがたが、うらやましかった。

カンカン虫は、船の中で、のどもさけろとばかり、元気いっぱい歌をうたう。マンホールの黒一色にぬりこめられた黒人のようなすがたで、だれよりも港を愛し、港の歌をうたって、川の面をすべってきた。

（ああ、せめて、カンカン虫のなかまにはいって、あいのこの特徴を消してくれるまっ黒なすすをかぶって働きたい……。）

ぼくは、カンカン虫生活にあこがれて、いつも夕方になると、この橋のらんかんにもたれて、かれらの帰り船を待っているのだった。

その日も、ぼくは、いつものように、ふなばたにあふれたカンカン虫の帰り船に見とれていると、ふいに、うしろで声がした。

「おい！　あいのこぼうや、かわいいな。」

いまなら、町のあんちゃんといわれるたぐいのよた者だろう。ぎょろりと目のするどい、二十ぐらいの男だった。いつも、神社やお宮の縁日で、たかりや、ゆすりをするみたいなやつだった。

「おめえのかあちゃん、すげえべっぴんじゃねえか。」

男は、にやりとうすきみ悪いわらいをうかべながら、じりじりと近よりざま、いきなり、

「いてえかよっ！」

といったかと思うと、らんかんごと、ぐさりっ！と、つきさした。ぼくの左手の親指《おやゆび》と、人差《ひとさ》し指の間の、骨のないところへ、千枚通しをつき立てたのである。

「いたい！」

ぼくは気が遠くなった。

そいつは、くるりと、しりをからげると、すたこら、野毛坂のほうへ消えてしまった。

さいわい、人通りがあった。すぐ、どこかのおじさんやおばさんに助けられ、近くのお医者で手当をしてもらったので、たいした傷にもならずにすんだ。

それは、日本人の不良がかった若者が、おとなしい混血児にたいしていだく、きみの悪いざんぎゃく性のあらわれのひとつだ……ということが、いまでこそ、わかるような気がするが、いまだに、このときのことが、少年の日の、とりかえしのつかぬ悲しみとなって、消えそうにもない。そいつは、ぼくの母のあとをもつけていたということが、あとでわかった。

こうして、ことごとに、あいのこの悲しみはついてまわった。

ずっとのちになって、五寸くぎの寅吉《とらきち》というきょうかくが、やっぱり、橋のらんかんで、片手をぐさりと刀でさされたという話を講談本《こうだんぼん》で読んだが、それからは、この江戸時代のやくざに、みょうな親しみをいだくようになった。

あいのこ道場

自分では、ちっとも悪いことをしたおぼえはない。みんなに、いじめられるわけもない。ぼくは、だんだんと考えるようになってきた。――こんな、ばかな話ってあるものか。いつまでも、いじめられていてたまるものか。おれは、いくじなしじゃないんだぞ！（混血児としての自覚が、うっすらと、芽ばえてくるのは、ふつう、五つか六つである。けれども、それは、けっして、悲しみでも、はずかしい気持ちでもない。ただ、みんなと、どこか、すこしちがう、というだけのことである。）

小学校にはいるころから、ぼくは、ひとが「いたずら」といっていることを、ごく、あたりまえの気持ちで、やっていた。

いちばんいじめっ子のセイちゃんという子に、なんとかして、ふくしゅうしてやろうと考えた（一年ぼうずの頭では、すこし、ませていたようだから、あるいは、二年か三年のころだったかもしれない）。というのは、セイちゃんのうちは、とても金持ちで、そのころ、自家用車があった。といっても、自動車ではない。人力車であった。車夫がやとってあって、セイちゃんや、セイちゃんのおとうさんやおかあさんが外へいくときには、いばって、それに乗るのだ。

セイちゃんのおかあさんは、おしゃべりで、ぼくの母の悪口や、ぼくのことを、みんなに、遊んでやらないほうがいい、というような、いじの悪いことをいって歩く。

そこで、ぼくは、とてもすばらしいふくしゅうをしてやった。そのころ、謄写版《とうしゃばん》という、べんりな印刷がはやって、とても安く売っていた。ぼくは、それを買ってきて、招待券みたいなものを、三十まいくらいこしらえた。

「こんどの日曜日、どうぞ、きてください。ごちそうをしたり、幻灯写真《げんとうしゃしん》をしたりします。みなさんできてください。」

というような文句をすって、ないしょで、近所の友だちのうちへくばった。差出人《さしだしにん》は、セイちゃんであった。

その日曜日になると、ぞろぞろと、三十人あまりの子どもたちが、セイちゃんのうちへやってきた。もちろん、ぼくも、知らんふりをして、おまねきにあずかったような顔をして、セイちゃんのうちへいった。

寝耳に水のおどろきで、セイちゃんのうちは、大さわぎになった。

「そんな、かきつけを、出したおぼえはない。」

と、うちのひとは、げんかんにつめかけたおおぜいの子どもたちの前で、むちゅうになっていいわけをしたが、だめだった。とうとう、

「それでは、おはいりください。」

というわけで、この、とつぜんのお客さんたちのために、てんてこまいのすえ、むりをして、いろいろごちそうをとりよせたり、おかしを出したりした。

ぼくは、「勝った、勝った。」と、心の中で、よろこんだ。

この秘密は、とうとう、だれにも、うちあけずにすんでしまった。

あいのこのあつかいをしたり、いじわるをしたりするのは、たいていのばあい、おとなのひとだった。むじゃきな子どもたちの世界では、おとなのひとが、ちえをつけなければ、かたよった差別あつかいなんか、いつまでたったって生まれはしないのだ。子どもの世界は、清らかで、すなおなのだ。

だから、ぼくは、小学校の一年ぼうずになると、とたんに、重荷のおりた、軽い気持ちになった。運動場でも、はればれと、みんなが遊んでくれた。先生だって、ふつうの生徒として、ぼくをあつかってくれた。あいのことということばだって、子どもたちの間では、意味がわからないから、使う楽しみだって、ありはしないのだ。だから、学校は楽しかった。

しかし、それは学校にいるときだけだった。子どもたちは、親から教えられて、いろいろなことを知り、不必要なちえをしこまれるのだ。親たちが教えなければ、子どもたちひとりとして、「あいのこ」なんていわないし、差別あつかいもしない。

だから、学校がひけて帰るとき、とたんに、おそろしくなった。ぼくひとりの行き帰りには、きまって、近所となりのおかみさんたちまでが、遠くから待ちかまえていた。そして、なにも知らない子どもたちや、いまのいままで、学校でなかよくいっしょに遊んでくれた友だちをそそのかして、ぼくをからかわせた。夜など、おとし穴や、輪にしたわなをかけて待った。

母は母で、口にはいえない悲しみがあった。ぼくは、そのわけこそわからなかったが、母がかわいそうで、みんながいじめたり、からかったりすることを、いぜんのように、いちいち、いいつけないように気をつけた。

母は、日本の婦人としても、りっぱなひとだった。だから、いまでも母の思い出について、なんの暗いかげもはいりこむ余地はない。だが悲しかった。ときどき、いつまでも帰らぬ男客のあしらいに、目を泣きはらしている母のすがたは、尊《たつと》いほどだった。

祖母は、むかしかたぎで、武士の子だから、歯ぎしりしてくやしがった。

ぼくは、とうとう、ある日、母に宣言した。……というより、おそるおそる、ねだったのである。

「おかあさん、ぼく、柔道習いたいんだけど……。いってもいい？」

「まあ、この子は……。柔道だなんて……。」

「ねえ、ぼく習いたいの。強くなりたいんだ。」

母はアメリカの父に、「いいか、悪いか。」と、さっそく、相談の手紙を出した。

父からは、「習ってもいいが、学ぶなら、いちばんいい先生につくように。」という返事がきた。

母は、いろいろな人にきいて、横浜一というりっぱな先生が、日ノ出町通りに、養義館《ようぎかん》という町道場を開いていることを知った。

「なんでも、その先生というのは、講道館《こうどうかん》の何段とかいう、よくできるひとだというから。」

というわけで、ぼくは、母につれられて、その道場に、幼年組のおでしとして入門した。

先生は、ぼくの顔を見て、

「えらいぞ、きみは。きみがここでうんと勉強して、いまに、試合に出るようになったら、横浜の外国の人が、日本の柔道に目をつけて、われもわれもと、習うようになるだろう。」

と、大よろこびだった。

ぼくは、ここでも、異人さんあつかいにされるかと思うと、たとえようもなくさびしくなった。

ぼくが道場で教わっていると、いつのまにか、まどというまどは、ものずきなやじうまの顔でうずまり、高段者のおじさんたちが、ぼくのおどおどしたわざにかかって、わざとひっくりかえるたびに、まどから、わあい、わあいと、ひやかすような、おうえんするような、わめき声がわきあがるのだった。

ぼくが、ひとりで、けいこ着をつけて、道場に立っているときなど、

「ジョージ、しっかりやんなよ。」

とか、

「日本人に負けるなよ。」

などと、半分、からかう声がかかった。

だが、なにが幸いになることやら。……ぼくがかよいはじめると、たちまち、この道場は「あいのこ道場」とよばれるようになり、でしが倍にもふえた。

やがて、ぼくは、道場の人気者になった。いくたびも紅白試合にひき出され、そのたんびに、母が心づくしの賞品が山とつまれ、先生も、なかまのでしたちも、ぼくに、たいへんよくしてくれた。

もともと、ぼくは、あいのこなんていうやつを、たたきつぶすぞという意気ごみだったから、進みも早く、数か月のうちには、幼年組の一方の主将になった。

こうなると、もう、ふしぎなもので、全身に力がわいてきて、どんないじめっこ

がやってきても、へいちゃらだった。相手も、ぼくが柔道を習っているということをききつたえて知っていたので、手を出すやつは、もう、だれもいなくなった。

たまたま、よその町を歩いているときなんか、そうと知らぬいじめっこたちが、例によって、けんかを売りにくることがあった。そんなとき、ぼくは、わざと、向かっていって、こし車をかけたり、一本ぜおいで投げてやったりした。

だが、先生は、いつも、柔道をけんかに使ってはならぬと、くどいほど、くりかえしお説教した。だから、おおびらでは、けんかもできず、せっかく習ったわざも、だんだんと、たからの持ちぐされになってしまった。

けれども、心に力がわいてきた。いわゆる「きもができた」とでもいうのだろう、どんなときでも、どんなにひどいことをいわれても、心の中でかちんと受けとめ、あまり気にしないでいられるようになった。

もうひとつ、これも、必要がさせてくれたわざなのだろうが……。

どこを通っても、あいかわらず、

「やい、ちょっと待て。あいのこのくせに、大きなつらして歩くな！」

という声がかかる。ことに、ハマにはぐれん隊が多かった。

「やい!」

と、町角ごとに、よびとめられる。ぼくは、もう、だまってはいなかった。

「ばかやろう! ぐれん隊!」

とやりかえして、むちゅうになってにげる。

そんなことから、ものすごく、にげ足が早くなった。一年一年と、かけ足が早くなり、柔道なんか使わなくても、「やい、ぐれん隊! ばっかやろう!」と、こっちから、けんかをふっかけてやるまでに、足の自信がついてきた。たいていのおとなでも、ぼくをとらえることができなくなった。

思いがけないことが役にたったものだ。ぼくはいつのまにか、学校じゅうで代表的なスプリンター(短きょり走者)となり、小学六年からは、対校リレーで、かたっぱしからトロフィーをもらって、校長をよろこばせた。

思えば、それも、ひとをたよれない、ひとりぼっちの悲しい反抗が生んだものだったのだ。

ばかおどり

つくえの上に、すみでかいた、一通の手紙のようなものがのっていた。そのときの、ぼくのおどろきと、あわてかたといったら、いまでも思い出すと、おかしくもなり、胸がわくわくしてくる。

それは、母の字で、だいたい、つぎのようなことがかいてあった。

あなたは、生まれながら、ふしあわせな子です。おかあさんは、きょうまで、あなたを世の中のいじわるに負けない、強く、正しい人にしたいばっかりに、自分の身をすててもと、覚悟して育ててきましたが、なんという悲しいことでしょう。

あなたは、世間の人のいうように、たいへん悪い、不良な子になってきました。あいのこは、育てようによっては、十万人にひとりというほど、すぐれた人になれるけれども、ひとたびまちがうと、多くは世の中のきらわれ者、すたれ者になってしまうということを、おかあさんは、いつもきかされていたので、どうかして、そんなことにならないようにと、心をいため、苦心して、あなたをできるだけ、あたたかく、やさしく、ときにはしかりもして、育ててきました。それなのに、いったい、これはなにごとです。おかあさんは、おまえといっしょに死にたくなりました。もう、なんにもいいません。これを見て、よく考えて、心を改めてください。そして、悪かったと思ったら、男らしく、教会にいって、神父さまに、心からざんげするのです。

ぼくは、からだじゅう、ふるえだした。たいへんなことになった。目の前がまっ暗になった。どうしたらいいだろう……。

母の手紙にある「これを見なさい」というのは、子どもたちの間でやっていた「とっこむき」というあてもののことで、横浜では、「ひっぺがし」といっている。その、あてものについて、カンニングをしたのであった。そして、カンニングの種がひとつと、もうひとつ、とうとう出さずにしまった、むじゃきな、一種のラブレターのきれはしだった。

「とっこむき」は、どこのだがし屋でも人気のある、ばくちのようなもので、そのときは、太田の赤門前のだがし屋だった。

赤門というのはお寺の門のことで、地獄《じごく》のかまのふたがあくというお盆の十五日には、そのお寺のおえんまさまが、うそつきの舌をぬこうと、大きなくぎぬきを手にして、がんばっているので有名だった。近所の子の遊び場になっていて、吉川英治《よしかわえいじ》さんもそのころ、ここで、芝居ごっこや、こまをまわして遊んだりしたということだ。

さて、そこのだがし屋でさせる「とっこむき」というのは、鶴の丸や、三蓋松《がいまつ》や、たちばなのもんどころのついたボール紙の両側に、二列ずつ、青や赤のうす紙で折った小さなくじが、かくしてあった。思い思いのもんの上に、石けりで使う平らなガラス玉をのせておき、ひきむいたくじに木版ですってあるマークと、そのもんとが合えば、一銭が二銭になったり、五銭になったりしてかえってくるという、一種のとばくなのである。

ぼくは、日ごろ、あいのこなんかにあたるものかと、いじめられてばかりいるのがくやしくて、くじのもんどころを、自分で、いっしょうけんめい色鉛筆でかいておき、ひっぺがしたふりをして、まんまとせしめてやったのである。

それが、あとで、だがし屋のおばさんに見やぶられてしまった。おばさんは、ぼくのいないとき、近所のいじめっ子をつれて、うちへ文句をいいにきたのであった。母はひらあやまりにあやまったあげく、うんとお金を出して、かんべんしてもらったという。これも、世間なみでない子どもをもった母親の、肩身のせまさだった。母は、からだをよじって泣いたということだ。

もうひとつのラブレターというのは、とうとう気がひけて出さずにしまったものだが、あのかわいそうな混血の女の子レミちゃんが、級はちがうが、一年にはいってきたので、ぼくはうれしくってたまらなかった。

けれども、みんなのいるところで、女の子と口をきくのははずかしかったので、いつも、運動場で、わざと、相手の注意をこっちに集めようと、そのまわりで道化た顔をしたり、おいでおいでをしたり、片目をつぶって、舌を出してみせたりした。レミちゃんのほうでも、ぼくをよくおぼえていてくれた。にっこりとほほえんでみせた。金髪にひるがえる赤いリボンが、目にしみるようだった。さて、そのラブレターなるものに、いったい、どんな文句をかいたのか、いまでは、もう、思い出すこともできないが、だれからも、のけものにされていた一混血少年が、やさしい女の子から、しかも、同じ混血の女の子から、あたたかい心のひとしずくなりと、注いでもらおうとしたのか、あるいはまた、同じあたたかいひとしずくの思いを、女の子に注ごうとしたものか、どっちみち、いじらしいよびかけだったにはちがいない。

いまでも、目をつぶると、あの、ふじだなの美しい校庭に、ナンシーちゃんのまっかなジャケツ、まっかなベレー、まっかなくつが、はっきりとうかんでくるようだ。

このときから、ぼくは、混血児というはずかしい気持ち（おとなの世界では、そのような気持ちのことを、劣等意識《れっとういしき》という）に、さらに、混血児につきまとう「自分はいけない子だ。」「どろぼうこんじょうの子だ。」という悲しい反省にせめたてられ、この罪人の意識は、大学を出るころまで、つきまとって、はなれなくなった。

それはなにをしても、自分はのがれられぬ犯罪者だ、という、じれったいほど、しゅうねんぶかい絶望だった。ゆめの中で、ぼくは、いまでも、いつおかしたかおぼえない、が、たしかにおかしたにちがいないおそろしい犯罪のために追跡されて、うなされては、しぼるようなさけびをあげて、自分の声に目をさますことがよくある。幼年時代に、あまりにも神経をつかいすぎた「あいのこにしかない罪のおそれ」にちがいない。

いつのまにか、ぼくは、しらずしらず、悪いことをするようになった。ほうぼうの店から、品物をだまって持ってくるようになった。手ぶくろだの、ナイフだの、ノートだのを、ぬすんできた。そして、そのたびに、「あ、やっぱり、自分はぬすびとなのだ。」と、こわくなり、ひとりで、泣きだすことがよくあった。

だが、どうにもならないのだった。——ああ、これは生まれつきなのだ、自分ではどうしてもふせげない大きな力が作用しているのだ……と、冷たい、ぞっとするようなあきらめが、心のどこかに生まれてくるのだ。そして、自分が自分をどうすることもできないことが、こわくてこわくてしようがなくなった。自分の手くせの悪いことが、二倍にも三倍にも、大きな波のようになって、心をめちゃめちゃにかきまわすのだった。そうして、もう自分は救われないなかまのひとりだという、はっきりとした自覚のようなものが出てきた。

だから、ときどき、ねずみ小僧《こぞう》や仕立屋《したてや》銀次《ぎんじ》が、とっても身近な親分か、うしろだてのような気がしたこともあり、はなれのへやで、すやすやとねむっている、生まれたばかりの弟のまくらもとを、ぬき足さし足、とこの間《ま》の手文庫《てぶんこ》から、かねてねらいをつけていた、母のさいふを持ち出したこともある。そのときの自分の身ぶりをはっきりとおぼえている。ほんもののぬすびとそっくりだった。あのときの、弟の天使のように無心な寝顔をわすれることができない。

学校でも、友だちの鉛筆やナイフを失敬するようになった。ときには、先生などに見つかり、しかられるようなことがあっても、どうせ、あいのこだからしようがない、といわれもしたし、そう、自分であきらめもした。

こうした、悲しいくせで、ますます自分が、自分でどうにもならなくなっていく間にも、おもてを通ると、しじゅう、歌のおりかえしのように、てんぐがきた、とか、ハーフがきたとかいわれつづけ、鼻をかくし、スピードをかけて走ることはやめなかった。

もうひとつ、悲しいくせがあった。というより、努力といったほうがいいだろう。どういうふうにしたら、自分を、ほんとうの、まじりっけなしの日本人にしてみせることができるだろうかという、子どもながら考えぬいたくふうだった。それは、「ことば」についての練習である。

日本側の（というのは、母のほうの）祖父の代から、うちへは、芝居の人が、いつも、出入りしていた。芝居の狂言《きょうげん》のかわりめのときや、東京から名代役者《なだいやくしゃ》がきたりすると、そのたびに、芝居小屋の番頭で、良助というじいさんが、大きな木版ずりの番付（プログラム）をとどけにきた。

すると、きまって、一家そろって、朝早くから大さわぎをし、人力車に乗って、茶屋にいった（茶屋というのは、劇場にはいるまえに、あがってひと休みしたり、ごちそうを食べたりするところだ）。そして、しばらく、そこで休んでから、芝居を見るために、ぞろぞろと、わたりろうかをふんで、「うずら席」という、いちだんと高い座席におりていくのだった。

その日は、母など、とても美しく着かざっていった。ぼくは、お茶屋で、ものを食べるのが楽しみで、朝早く起きて、出かけていくのがうれしかった。

東京の二長町《ちょうまち》（市村座という劇場があった）だの、歌舞伎座だのにも、母は、よく、ぼくをつれていってくれた。長唄《ながうた》や、常磐津《ときわず》や、清元《きよもと》のおさらいにも、ぼくはそのふんいきがすきなので、母についていった。

伊勢佐木町の花月《かげつ》馬車道《ばしゃみち》の富竹《とみたけ》などという寄席《よせ》に、「にらみかえし」や「小言幸兵衛《こごとこうべえ》」のじょうずな小さんや、つるつる頭の、やせた上品な円右《えんう》、むらく、桃太郎がかかるたびに、はなし家たちは、きまって、うちへ、ごきげんうかがいにきた。

そんなわけで、ぼくは、おさないころから、いつも、そうした邦楽《ほうがく》や落語になじんで、歯ぎれのいい江戸っ子弁にあこがれだし、しきりと落語家たちのまねをした。小学四年から五年ごろには、まき舌で「べらんめえ」をまくしたてると、東京の下町っ子、きっすいの江戸っ子になった。

そんなことから、いまでも、ぼくは、多くの落語家たちと、親しくしている。これも、思えば、もって生まれた混血児特有の「カムフラージュ」のひとつでしかないのかもしれない。

心に古くから巣くっている日本的なものへのあこがれのなかには、「身を守ろうとする」いじらしい本能のようなものが、根強く、のこっていたのだ。鼻をかくし、流れるような江戸っ子弁でしゃべるとき、はじめて身も心も明るく、心楽しく、はればれとしてくるのだった。そんなとき、母はさもいじらしいという表情で、にこにこと、ぼくを見ていた。

日ごろの差別あつかいにたいする反抗は、いろいろな形であらわれ、ぼくもちまえのちゃめっけで、ふくしゅうするのがじょうずになった。

東京なら銀座通りともいうべき伊勢佐木町の大通りで、巡査《じゅんさ》がむこうから近づいてくるのを見すまし、いきなり、前をまくって、シャーシャーと立ち小便をした。巡査がとがめた。ぼくはそらっとぼけて、フランス語でぺらぺら、なにか口走る。巡査はかたをゆすり、苦笑しながらいってしまった。

ろくろ首の見世物が、野毛のお祭りで小屋がけをした。ぼくは木戸銭《きどせん》もはらわず、さんざん見て、平気な顔して外に出る。すると、小屋のおじさんが追いかけてきて、見ただけ金をはらえという。こんどは英語で答える。

「ちぇっ！　しまつが悪い。毛唐のがきじゃ、しようがねえ。」

と、頭をかきかき、ひきかえしていく。この手で市電をただ乗りし、映画をかたっぱしから、ただで見てまわった。これは、いわば混血児的ふくしゅう（しかえし）だった。だんだんと成長するにつれて、そんなことにも、なんのきょうみもなくなり、いつからともなく、用いなくなった。

幼稚園の子だったころ、いま思うと、ほんとに、「よかったなあ。」と思い、ふと、なみだがにじむほど、なつかしい思い出がある。それは、おかぐらの「ばかおどり」の思い出だ。

横浜は、二十五座のいなかばやしの、たいへんにさかんなところだ。「いなかばやし」には、「聖天《しょうでん》」から、「かまくら」「にっぱ」「ひょっとこ」などという、いろいろな節がある。

ぼくの家のあった近所に、まずしい地区があり、そこに、植木屋で伊平さんというしらがのじいさんがいた。このじいさんは、ぼくの生まれないまえから、ずっとうちの出入りで、年の瀬もせまってから、まつの木のしもがこいや、ぼたんのしもよけなどにそなえて、小じゃりまきなどに、いつもきていた。そして、ねむけをさそう午後の縁先で、なたまめぎせるをくわえたり、日あたりのいい、まつのえだにこしかけて、チョッキン、チョッキンと、はさみの音をさせていた。

この伊平さんが、本職のかぐら師でもあった。大神宮さまや、椙山神社《すぎやまじんじゃ》や、お三の宮の祭りには、かかさず、たいこを鳴らしたり、ふえをふいたりした。

幼稚園の子だったぼくは、母にねだって、そのころ、大枚《たいまい》一円もする、こまかい彫刻をほどこした青龍神《せいりゅうじん》の面を買って、大とくいだった。

伊平じいさんのところへいって、小さな両手に、ばちをにぎり、あらなわをまきつけた丸太をけいこ台に、おはやしを鳴らしたり、ばかおどりを教わったり、ときとしては、あのすばらしい龍神の面をかぶって、いとも、もったいぶった身ぶりをした。

面をかぶっておどる。——これはぼくにとって、絶好のカムフラージュだった。小さな屋台でよくおどった。見物人のだれひとり、ぼくを、目の青い鼻の高い異人のできそこないみたいな子だとは気がつかず、手をうち、足で調子をとり、大いにわらい、声をかけ、やんやとよろこんでくれた。だから、ぼくにとって、ばかおどりは二重の楽しみだった。

父の帰国

ぼくは、父が生きている間に、たった二回しか、父を見ていない。というよりは、父との生活は二度しかあたえられなかったといったほうがいい。

生まれたときは、もちろん、父といっしょだった。生まれるとまもなく、父はフランスへ行ってしまった。だから、ぼくは、小学校にはいるころまでは、父を知らなかった。ぼくが小学校一年の終わりごろに、八年ぶりで帰ってきた。

帰ってきたというのはへんだ。父の国は外国なのだから、日本へ帰国するということはない。が、しかし、ぼくたち親子にとっては、たしかに父は帰ってきたのだ。そして、ぼくにとっては初対面なのだ。

たったひとりしかいない父の帰国を、ほんとうの帰国としてむかえられないさびしさは、ぼくたちのような境遇《きょうぐう》の者でなければわからないだろう。「お帰りなさい。」といってむかえたくても、「いらっしゃいませ。」といってしまいそうなさびしさだ。

父が帰ってくるという日、ぼくは母とふたりで、メリケンはと場（横浜港）に、むかえにいった。

「あのかたが、……それ、しもふりの洋服でさ、山高ぼうの、ほら、あのかたがおとうさんですよ。」

母は、むちゅうになって、せのびをしながら、指さした。

父は、日本に、多くの有名なひとを友だちにもっていたので、この日、はと場には、おおぜい、りっぱなおじさんたちがむかえにきていた。

母は、そのような名士たちに気がねをするように、かげのほうで小さくなって、ぼくにしきりと、

「ほら、あれがおとうさんですよ。」

と教えてくれた。

ぼくは見た。たしかに、いつも写真でなつかしがっていたひとがいた。おもちゃや、おかしや、時計を送ってくれる、やさしいひと……。そのために、ぼくが、あ

いのことよばれ、母が、らしゃめんとかげ口をいわれるひと……。

見た！　ぼくは見た。大きな汽船が岸壁にとまる。タラップ（汽船のなわばしごのような階段）がとりつけられる。足もとに注意しながら、ひとりで、のこのこと、おりてくる。ひょっくりと、おりてくる……。やさしい、六十前後の、しらがまじりの、かっぷくのいい、二重あごの、赤ら顔の紳士だった。たったひとつだけ、うでにかかえているものがあった。バイオリンのケースだった。

父はこうして、ひょっこり、歓迎の人波の中へ、バイオリンひとつだけかかえて、おりてきた。

「おとうさん！」と、ぼくは、とびついていきたかった。

が、母は、

「もうすこしお待ち。……おとうさんは、みなさんにごあいさつだから……。」

といった。

父は、顔いっぱい、あふれるような、ひとなつこいほほえみをうかべて、小走りにかけてきた。どやどやっと、名士たちが、とりかこむ。父は両手をあげて、群集をいっぺんにだきかかえそうだった。人々の頭上に、ひときわ、バイオリンのケースが光ってみえた。

「イマオ！　イマオ！　イマオは、いますか。」

わかわかしい、はりのある声だった。

父の目は、礼儀ただしい人々の出むかえのうずをかきわけて、一直線に、ぼくの目に食い入った。そしてよろけるように、ぼくをめがけて走ってきた。……すべてが、……あいのこも、ノコも、てんぐも、ハーフハーフも、みんな消えてしまった。ちくちくとさしつづける父のひげだけが、いつまでも、ぼくのほっぺたをおしつけていた。


母と住んでいた野毛山の家では、祖母や、おじさんや、しんせきのひとたちが、おおぜい、てんやわんやのさわぎをして、父を歓迎するしたくをした。父は、二人びきの人力車に乗って野毛坂をのぼり、げんかんで、ひさしぶりの「くつをぬぐ生活」にとりかかったのだ。……ああ、この日本ざしきでの、外国人にはふなれな素足《すあし》歩きを、父はどんなにうれしそうに味わったことだろう。……父は、おくの広間にむかえられた。

「ひさしぶりですわりましょう。」

そういって、きょうの日のために、わざわざスプリングや、革をはりかえ、つめかえた安楽いすをしりぞけて、父はたたみにかしこまった。そして、大きな手を両ひざにそろえてあいさつをした。それから、とつぜん、

「コマ……、コマ……、まだありますか。わたしのかたみは……。」

母は、八年ぶりで「コマ」とよばれると、にっこりわらって、ちょこちょこと、小がらなからだをうごかし、

「はい、ございますとも。」

と、戸だなから、うやうやしく、とりだしてきた。――それは、「おとうさんの、たいせつなものだから、さわってはいけません。」と、おさないころからいいきかされてきた、まっ黒な、細長い、木の箱だった。

「そう、……これ、これ、これです。ありがとう。」

父は、手さばきもたくみに、かぎをはずして、ふたをあけた。

「このバイオリンは、ストラディバリオという名器で、わたしのいちばん古い友だちです。」

父は、箱の中から、古ぼけたバイオリンをとりだして、にっこりとほほえんだ。

「完全です、あのときのままです。コマ、……おコマさん、ありがとう。糸も悪くなっていない。」

弓の白い毛にも、みだれがなかった。

「この弓は、ガン＝ベルナデルという、フランスの弓の名人が、わたしのために作ってくれたものです。」

ずらりとならんだ親類の老人やおじさんたちは、つまらなそうに、半分おせじのにがわらいをしている。あっけにとられたかたちだ。

「わたしのるす中、イマオや、コマが、たいへんおせわになりました。」

と、父が、おみやげといっしょに、きりだすだろうと待っていたかれらが、ぼくには、いいきみのようにさえ思われた。

親類のひとや、おじさんたちは、じつは、あべこべに、母に金をかりにきたり、泣きごとをきかせにしかこなかった連中だった。母は父の不在中、かれらに、たえず、たかられてきた。それが、身よりのものを異人の妻にもつ連中の特権のつもりだったのだろう。父は、そうしたことをちゃんと感じ、心得ていたにちがいない。

「ひさしぶりに、わたしのバイオリンは、こんなによくうたってくれる。」

二重にくびれたあごが、バイオリンをがっちりとはさむ！

ああ、父は芸術家だったのだ。まっ先にバイオリンにとびついたのだ。

つぎつぎと、すみきった音が流れた。父の太い指は、目にもとまらぬ早さで、弦《げん》をおさえた。いままできいたことのない美しい音色だった。

「これはシャコンヌ。」

「これはマクス＝ブルッフの作品。」

父の童顔は、だんだんと赤みがさしてきた。銀髪は、けむりのようにみだれて光った。

「これはベートーベンのクロイツェル＝ソナタです。」

そして、最後に、

「イマオ！　このメロディーはほんとに美しい。……じきにおぼえられる。よくきいて、よくきいて。」

といいながら、ヴィエニアウスキの「ロシアン＝エアー」の単調なスラブ的なメロディーを、かなでてくれた。

母は、もじもじしながら、いくたびも、もうやめさせようとした。が、父は、そんなこと平気なもので、むちゅうで、バイオリンをひきつづけていた。

「あなた！」

「あなた、いいかげんでお休みになっては……。お船で、おつかれでしょう。」

父は、うんうんと、うなずくだけで、さらにさらに、くるおしく、上半身をゆすりながら、むずかしい曲をひきつづけた。

「バッハのフーガ。」

そういって、父は弓をおどらせた。

この日からまる二年間、父は、ぼくたち親子の父であり、夫であった。東京に家をたて、麻布のしずかな丘の上でくらした。

この二年間の思い出は、ぼうっとして、ゆめのようだ。が、けっして暗いものではなかった。ひまをみては、父は、フランス語や英語の手ほどきをしてくれた。が、小学一年、二年の遊びたいさかりのぼくには、それが、死ぬほどつらかった。アー、ベー、セーという音が、地獄のかねのようにこわかった。

毎日、名士だの、えらいひとがたずねてきた。食堂には、毎日、新しい花がいけられた。母は、きゅうにかわったはでな生活に、やつれる思いだった。

こうしたはなやかな空気をのこして、父は二年後、明治四十二年の春、ふたたび、遠い国へいってしまった。

あとには、かわいい、くりくりとした、第二のレミが、のこされていた。それは、ぼくの弟だ。それからのぼくは、ひとりぼっちではなくなったのだ。ぼくの小さな悲劇の世界に、同じ悲しみの主人公がもうひとり登場したのだ。しかも、ぼくよりもずっと濃厚なレッテルをつけて……。だれが見ても、外国人の子としか見えない。

……ぼくは、もうたくさんだ、と思った。

むかし、ジュリアス＝シーザーは、議事堂の広場で、「ブルータスよ、おまえもか！」とさけんだが、それにまねて、「弟よ、おまえもか！」と、小学一年ぼうずの兄きは、子ども心に、さけばずにいられなかった。こわかった。……ぼくと同じように不幸な未来が待っている、ということが、こわかった。心配だった。

ぼくは、このときはじめて、父をにくみ、母をうらんだ。生んでくれなければいいのに……。ひどいなあと、心につぶやいた。

父は、やさしく、心のあたたかなひとだ。そして、まるで子どものようにはしゃぎ、だれにでもしんせつなひとだった。すこしも、いけないところなんかない。ただひとつだけ、いけないのは、わたしの母に、あいのこを生ませるという、悲しいことだった。

ぼくたちふたりの子どもは、よくだきあって、世間からさきげられる、あいのこというむかえことばに、泣いてくらした。

弟が小学校へあがる前後に、どこからとなく、子どもたちの間にはやりだしたパーピヤという歌を、わすれることができない。

このあいだ、ある座談会で、歌手の佐藤美子《さとうよしこ》さんと、ぼくの間でかわされた会話の一節を、ここにうつしてみよう。

佐藤「……平野さんも老松町《おいまつちょう》だったのね。そうして、同じ学校だったのね。そこへはいったところが、行き帰りいじめられるんです。わたしは、母親がフランス人だから、まだいいほうなのよ。それでも、大きいひとはわかりますけれども、小さいひとはわからない。それで、よく『あいのこ、パーピヤ、パーピヤ』っていわれたの。」

平野「そう。ぼくもやられました。ぼくの弟がまた、かわいそうなんだ。節をつけて、自分でそれをうたうんです。異人が豆くってパーピヤ、パーピヤとか、あいのこ豆くって……ってね。まっかな毛をして、なんにも知らずにそれをうたっているのと、かわいそうでたまりませんでした。」

佐藤「パーピヤ、パーピヤをやられるので、うちの父が、そういうことを考えて、フランスのあまさんのやっている紅蘭《こうらん》女学校ね、これは双葉《ふたば》の姉妹校なんです。……そこへ入れられたんです。それも寄宿舎に入れられたの。」

弟は、日一日と純西洋系の顔になっていった。ぼくは、ぼくひとりの身を守るいそがしさに加えて、弟をも、いじめっ子から守ってやらなければならなかった。

格子《こうし》なき牢獄《ろうごく》

やがて、父と母は、佐藤美子さんのおとうさんがお考えになったように、ぼくを、まわりの冷たい目から遠ざけ、すこしもいじめられないで勉強できるようにと思って、フランス人の修道士《しゅうどうし》やぼうさんがやっている、東京のミッション＝スクールの寄宿舎に入れてしまったのである。

とんでもない学校だった。この学校は、いまでも、いわゆるブルジョアの子どもが、親のくだらない虚栄心の満足のために、さかんに入れられている、九段坂上のG学園なのだ。

そのころの、ざあます族のおくさまが、まるで、アクセサリーのつもりで、この学校のぴかぴか金モールのついた制服を子どもに着せて、つれて歩いて、とくいになっていたものである。銀座通りなんかを、いっしょにつれてあるくのが、彼女たちの、うすっぺらな楽しみだったのだ。

これ見よがしにつれて歩きながら、

「うちの子どもは、このごろでは、日本語よりもフランス語のほうがとくいだとか申しまして……。おほほほ。ボンジュールなんて、あいさついたしますんざあますよ。おほほほ。」

というような調子なのである。

「いろはがるた」に、「聞いて極楽《ごくらく》、見て地獄《じごく》」というのがあるが、それこそ、この学校のためにつくられたことばではなかろうか。

ぼくは、「格子《こうし》なき牢獄《ろうごく》」という映画を見たとき、「ほんとに、このとおりだ。」と、つい、さけんでしまった。

「フランスのぼうさんが教えてくれるこの学校なら、人種の差別などしないで、のびのびとした教育をしてくれるだろう。」

と、母は考えてくれたにちがいない。

ところが、この学校は、ふしぎに、キリスト教信者のうちの子どもにたいしては、めちゃめちゃにきびしかった。

ぼくは、母につれられて、日曜日のたんびに町の教会へいっていたので、キリストが神さまの子で、マリアさまが、天使のおつげでキリストのおかあさんになった、ということを、りくつなしに信じこまされていた。

ところが、キリストのおとうさんであるはずのヨゼフが、ちっとも神さまのパパらしく尊敬されず、その妻であるマリアさまに、ぺこぺこおじぎをしているのを見て、へんだなあと思ったりした。ヨゼフは、ほんとの人間だから、しかたがないと教えられて、人間なんて、いくじがないなあと思ったりもした。だが、だんだんと、そのような、りくつに合わないことが、わかりにくい、飲みこめない、うたがいになってきた。

けれども、うたがいをもつということは、神さまにそむくことだと教えられ、ちょうど、胃酸過多《いさんかた》で、にがい水が口もとにこみあげてくるのを、むりやり目をつぶって飲みくだすみたいに、すべての疑問を、がまんして心の中でおしつぶすようになってきた。

ぼくたち寄宿生は、朝から晩まで、フランス語をつめこまれ、便所へいくのにも、顔をあらいにいくのにも、歯のいたみをなおしてもらいに医局へいくのにも、わすれものをとりにいくのにも、みんな、フランス語で、「いってもいいでしょうか。」ときかなければゆるされず、つくづく日本語がこいしくなってきた。

先生といえば、黒一色の長い服をまとった修道士とぼうさんばかり。生徒にたいする刑罰《けいばつ》は、まるで牢屋の番人のように残忍をきわめ、すこしの弁解もゆるさず、ちょっとのいたずらにも、「アレ　オ　ピケ！」ときめつける。それはフランス語だが、日本語になおすと、「あそこで、ゆるされるまで直立していろ。」というのである。

寒いときなど、ズボンのポケットに手を入れていたり、ひなたぼっこをしていたりすると、「二十回」とか、「十回」とか、ときとしては「三十回」と命令する。それは、運動場のまわりを、つづけざまに走れというのだ。すこしも休むことをゆるさず、たてつづけに十回、二十回、三十回まわれというのである。からだの弱い生徒は、まっさおになってたおれたり、あまりのつかれで、ものをはいたりする。

すこしでも口答えすると、すぐ「ピケ。」（直立していろ）であり、「二十回まわれ。」である。足のじょうぶな生徒だと、平気で、スピードをかけて、さっさと二十回ぐらい走りぬける。すると、それでは早すぎるといって、もう一度やりなおせ、と命じるのだ。教師はそれを、にやにやと、楽しそうにながめている。

教場で、となりの生徒と話をしたり、わらったりすると、いきなり、つめの先で耳のはしをちぎれるほどつねるのだ。鉛筆のとがったしんで、頭を穴があくほどつつく。いたずらが見つかると、一週間の間、食事のとき、だれとも口をきかせないシランス（沈黙）という罰をくわせる。ときには日曜日の外出をゆるさず、からっぽの教室の中で、一日じゅう、じっとすわらせておく。数十日間、ひとりぼっちにしておく。教室でも、寝室でも、食堂でも、みんなからずっとはなれたすみのほうで、ひとりぼっちにしておく。

――このような異常な、ざんこくなしおきが、毎日くりかえされた。スマートで高尚《こうしょう》なフランス的教育の殿堂という名にかくれて、このような生徒いじめが、くりかえされていたのだ。

それればかりではない。教師たちは、ふだん、おもしろ半分にいじめている生徒たちの父兄が参観にくると、そばでほんとのことをいってやりたくなるほど、うってかわった、わざとらしい微笑をうかべ、生徒の頭をなでたり、ふだん、さもかわいがっているように見せかけ、ねこなで声で、

「おうちのかたが見えて、いいですね。うれしいでしょ。」

などという。

学期末の校長室のそばを通ると、ちょっとしたビール会社のように、洋酒やビールの大きな木箱の山がいくつもならんでいた。

応接室の前を通ると、なになに公爵だの、なになに会社の社長だの、ごうぜんとそりかえって、その前では、いつも鬼のようにおそろしい白髪の校長が、ぺこぺこと、おじぎをしていた。この、えらそうなお客さんたちは、いずれも生徒の父兄なのだ。

こうして、おぼんや年の暮れのおくりものをはじめとして、運動会のときの寄付など、たいへんなもので、ぼくたち庶民の子には、よりつけもしない豪華さだった。

ぼくは、それが、とてもしゃくにさわって、がまんができなかった。ことに、運動会の日には、階級的差別が、いちだんとはっきりしていた。貴賓席《きひんせき》と称して、同じ子弟の親でも、臨検《りんけん》の警官みたいに、いちばんいい席で、やわらかないすにふんぞりかえっていた。

「なんとかして、あの、こうまんちきなやつらを、ひどいめにあわせてやろうじゃないか。」

と、ふだんから不平不満をこぼしあっていたなかまと相談した。

「なにがいちばん、しゃくにさわるか。」

ということをきめるのだ。

「いくら、しゃくにさわっても、寄付や、わいろのあだうちはできないね。」

と、ひとりがいう。

「運動会の日には、きまって、学校の門の前に、ずらりと、ぴかぴかな高級車がならぶじゃないか。ぼくたちなんか、一生かかっても乗れないんだぞ。金持ちの子を乗せてきやがって、これ見よがしに、しまいまで見せびらかしてるんだ。」

そこで、

「よし、自動車をやっつけてやろう。」

ということになった。

まず、こっそりとぬけだして（もちろん、運動会の日である）、めいめいが、ポケットに、くぎや、きりをかくしていく。そして、人の見ていないすきをうかがって、校門の前にずらりとならんだ高級車のタイヤを、かたっぱしから、せめたてるのだ。つまり、ぷつんぷつんと、穴をあけてまわったのだ。

すると、まるで、戸山ケ原《とやまがはら》の練兵場《れんぺいじょう》での演習みたいに、どえらい音響で、小口から、パンパンパンと、パンクしていく。さいわい、だれにも見つからずにすんだ。

こんなこともあった。あと二日ねたら、楽しい運動会だというので、運動場には、新しい砂がまかれ、地ならしで、いそがしかった。それは、うっとうしい曇《くも》り日《び》であった。

日ごろ、朝礼台で、長時間、くどくどとお説教ばかりいって、さんざん、われわれをうんざりさせる校長や主任教師にたいする反抗も、手つだっていたのだろう。とにかく、ぼくたちは、運動会そのものに、学校宣伝や、金持ち父兄へのサービスが、あまり目だつのが、おもしろくなかったのだ。

「早く！　早く！」

「ようし、みんな集まれ！」

「さあ、力を合わせて！」

三十人ちかくのなかまが集まってきた。そして、大きな、二メートル四方もある自然石に、つなひき用のロープをからげた。そして、いっせいに、ううんとひっぱる。すると、みるみる大石は、運動場のまん中に移動してきた。

「にげろ！」

ものの五分とはかからなかった。運動場には、もう、ひとりの生徒のすがたもなかった。

こうして、ぼくたちのひそかなレジスタンスは、運動会の予定をくるわせ、学校じゅう大さわぎ。招待客には、わび状やら、期日変更の通知を出すやら……、ほんとに、胸がすうっとするほど痛快だった。

大石を、もとのところにおさめるために、ろくろのようなものが運ばれてきた。そして、どこからつれてきたのか、職人が、おおぜいかかって、うんうんいいながら、やっと、もとの位置におさめた。が、とにかく、運動会は、完全に、日のべになった。

同類ものがたり

この学校には、同類がたくさんいた。きっと、ぼくのときと同じように、「西洋人の学校なら、いじめられないだろう。」と、親たちが、安心して、子どもをまかせたのだろう。

おおぜいいる同類は、もちろん、父か母のどちらかがフランス人だったり、アメリカ人だったり、ときにはタイ国人、中国人、さては、遠い遠いフィンランド人だったりする。そして、いずれも、おとうさんが有名なひとで、外国人だとか、陸海軍の将官だとか、学者・貴族・大実業家たちであった。

ところが、まことにふしぎなもので、あいのこの生徒たちは、けっして、おたがいに、親しくなろうとしないのだ。親しくならないだけならまだいいが、あべこべに、おたがいが「知らん顔」しようとするのだ。つまり、「ぼくたちは、同類なのだ。」という意識を、できるだけ、無視しようとするのだ。

だから、たがいに、あまり口をきかない。むしろ、おたがいに、へんな目で見あうのだ。たとえ、集団で、やむなく、いっしょに遊んでいても、けっして、味方にならなろうとしないのだ。どっちも、いじめられ、のけものにされてきたなかまなのだから、手をにぎりあって、なぐさめあえばいいのに……。ふしぎなものである。

ときとして、日本人の子が、青い目のひとりをいじめたり、からかったりしているのを見ても、けっして助けにいこうとはしない。「ぼくはそんなのとはちがう。」と、すました顔で、見ないふりをする。混血児どうしがかたまっているのを見たことがない。

たまの土曜日に、ゆるされて、寄宿舎の門を出る。はばたく胸をおさえて、足は宙をとぶように、わが家への道を急ぐ。

ぼくたちは、東京駅から、横浜行きの汽車に乗るのだった。だから、九段下の大通りぞいに、宮城のほうへと急ぐ。母や弟が待っている横浜の家へ……。

ぼくは、一生をつうじて、あの土曜日のおほりばたの少時間ほど楽しかったときはない。たいてい、五、六人のなかまがいっしょだった。いずれも横浜や、鎌倉の親の家へ帰るのだ。そのなかに二人、三人は、かならずぼくの同類がいた。学校であまり口をきかないが、こうして、だれからもはなれたときこそ、ぼくたちは、心と心に無言のあくしゅをかわすのだった。

汽車の中で（そのころは、まだ京浜間に電車が走っていなかった）、じいっと、目と目を見つめあった。そして、しみじみと、ほんとうの兄弟のような親しさを味わった。

だが、それはけっして、ことばや動作なんか、必要ではなかった。ひとことも口をきかず、なんにもしないでいいのだ。それこそ、人間のことばではかよわすことのできない、まことにかすかな心のやりとりだった。そうだ、この世の、ひとの使うことばは、そのためには、あまりにもそざつであり、ぎこちないものなのだ。

だから、ぼくたち混血児どうしは、とうとう、小学校、中学校の十一年間をつうじて、一度も、たがいに、あのおそろしいせめことば「あいのこ」という発音を用いて、うったえあったことはなかった。おたがいに、そのようなことばのひびきから、遠い、遠いところに、にげこんでいたのだ。

したがって、あいのこどうしが、まわりからばかにされ、つまはじきされる悲しみや不平について、一度も語りあったことはない。ただじっと、まかせきった心安さで、目と目を見つめあうのだ。

なにもかも、いわなくっても、ぼくたちには、わかっているのだから、せめて、こうして、じいっと心と心とであたためあおうじゃないか。無言のことばで、青い目と青い目の見つめあいをつづければいいのだ。

ああ、あのしゅんかんの、なんという心楽しく、しみじみとした安心感よ！

土曜日の夜は、ひさしぶりでうちにとまり、日曜日の夕方、「ああ、もう楽しい日は過ぎちゃったのか、早いなあ。」と、なごりおしい気持ちをいだいて、ふたたび寄宿舎へ帰るのだ。土曜日の、楽しい明るい気持ちとはうってかわった、暗い、あじけない気持ちで、重い足をひきずって、東京行きの汽車に乗るのだ。

こうして、寄宿舎にもどったとたん、同類たちは、もう、親愛も同情もあったものではない。ふたたび、おたがいに、よそよそしく、ふるまいだすのである。わざと日本の子となかよくして、同類とは口もきかないのだ。

だが、しようがない。この、悲しい生きかたを、だれがとがめえよう。悲しいみえっぱりじゃないか。しらずしらずにたまった劣等意識の結果なのだもの。このふしぎな心理（気持ち）ばかりは、ぼくたちでなければわからないだろう。

悲しい学芸会

あいのこの悲しみは、学習のうえにまで、しみわたった。

ぼくは、やたらに勉強した。勉強だけが、そして、教科書と、「考えること」だけが、安心してつきあえる友だちだったからである。そうだ、勉強している間だけは、だれにも、いじわるをされないのだ。自分ひとりの世界に住んでいられるのだ。

ところが、幸か不幸か、ぼくには、外国語の才能が、ぜんぜんなかった。国語や、地理や、歴史なら、棒暗記をすればいいので、あんまり頭を働かせる必要はなく、勉強しだいで、いくらでも、いい成績がとれたのだが、英語や、フランス語となると、てんで、だめなのだ。だから、むちゅうで、歯をくいしばって、復習した。

このことがまた、じつにやっかいな苦痛の種となったのだ。

クラスの中でも、語学はびりっかすだった。だから、うんと悪い点をとり、教室のかべに、はずかしい成績ばかりはりつけられるのがこわかった。

そんなとき、みんなが、ぼくの顔を見て、さもさも、「おまえは低能児《ていのうじ》だな。」というような表情であざわらう。

「よくよく頭が悪いんだな。あいのこのくせに、語学もできないなんて。」と、かげ口をいう。

ぼくは、べつに、神さまやキリストを信じていたわけではないが、そんなとき、ひとりで、校庭のはずれにたっているチャペル（聖堂）にはいっていって、祭壇《さいだん》の前で、じっと手を合わせるのだった。そして、

「どうか、語学ができるようにしてください。」と、口の中でいのるのだった。

「そのためには、どんな苦しみでも、がまんします。」と泣きながら、うったえるのだった。

色とりどりのステンドグラスからさしこむ日の光が、海の底のように青くひろがって、しずまりかえった聖堂の中には、聖なる火が、赤くゆれていた。

ほんとに、心からいのった。そして、いのるだけではなく、むちゅうになって、フランス語を、英語を、わがものにしようと、とりくんだ。

努力というのだろうか、意地というのだろうか。ぼくは、それから一年のちには、頭の中の機械がすっかり新しいのと入れかわったみたいに、あんなにむずかしかった外国語が、まるで、日本語のように、すらすらと飲みこめるようになってきた。そして、その学期の試験には、クラスで二番になった。とくに、語学はほとんど満点だった。

ぼくは、ほっとした気持ちだった。さくらの花のさきにおう校庭で表彰式があり、ぼくは「進歩賞」というのをもらった。

ところが、ふたたび、思いがけない悲しみが、やってきた。

「あいつ、どうせ、外国人の子だから、語学ができるのは、あたりまえだ。なにも、ほうびなんかもらうことはない。できないのがふしぎなくらいだ。」

という声をきいたのだ。

ぼくは、もう、いてもたってもいられない、とりつく島もない、つきのめされたような気持ちになって、表彰状を便所の中にすててしまった。

この学校では、語学の優秀な子だけがえらばれて、学芸会に、フランス語や、英語の劇をやらされる。衣装もほんものだし、伴奏もオーケストラや四重奏、大道具もりっぱだった。

その日には、外国の大使や、公使や、名士たちがまねかれて見にくる。生徒にとって、これは一世一代のはれのひのき舞台だった。だから、語学のとくいな子は、せりあって出演したがる。

ぼくは、自分のいちばんおとっている才能——語学の才能を、あまりにも、よく知っていたからこそ、血のあせかいて、一所懸命、くそ勉強をしたのだった。なかなか、はじめのうちは、みんなに追いつけないほどひどいものだった。

こんなことを、かさねてかくのは、くどいけれども、ほんとに、つらかったのだ。やっといい成績がとれたのは、われながら、やせる思いでかじりついたおかげだった。それなのに、先生や級友たちは、だれひとり、よくやったといってはくれないのだ。ことにさびしかったのは、せっせと暗記したり、とくにパリっ子の発音を身につけようと思って、母にせびって、「パリのこども」というフランス語のレコードを買ってもらって、猛練習をつづけていたのに、さて、はれの学芸会には、……

ああ、いま思い出しても、はらわたが、にえくりかえる思いだ。

「ヒラノ、……おまえは、フランス語も英語も、きゅうに、すばらしい成績を見るようになったし、ほんとによく勉強もしているので、だれがきいても、ほんとうのフランス人がしゃべっているかと思うほどだ。が、こんどの学芸会には、どうしても、出すわけにいかないのだ。この学校では、じゅんすいの日本の子どもが、こんなにもよく語学ができるようになったということを見てもらいたいので、学芸会をするのだ。おまえには、ほんとに気のどくだが、おまえは、だれが見ても、日本の子のように見えない。西洋人としか思えない。もちろん、おまえの罪でもなんでもない。おまえにとっては、ほんとに不幸なことだ。だが、しようがない。一見して西洋人みたいな顔のおまえが、たとえ舞台で、どんなにじょうずに外国語をしゃべっても、だれもおどろかないだろうし、また、だれも感心するものはいないだろう。かえって、学校がわが、フランス人の子を使ってしゃべらせていると誤解されて、こまることになるだけで、ちっともいい効果はない……。」

という意味のことを、担任の先生が、ぼくを別室につれていって、いいわたしたのである。

せっかく、はれの学芸会にわが子が出演し、みんなからほめてもらうのを、首を長くして待っている横浜の母のことを思うと、たまらなくなってきた。……ああ、このときに傷つけられたぼくの心は、いまもまだ、古いけがのように、ときどき、うずくのである。

また、こんなこともあった。

ぼくは、イソップ物語と、エドモン＝ロスタンというフランスの小説家が、いつのまにか、だいきらい、というより、おそろしくなってきた。イソップ物語は、ぜったいにきらいだった。おとなになったいまでも、この物語の中にあるただひとつの話のために、見るのもいやである。その中に、「こうもり」という寓話《ぐうわ》があったからである。小学校の国定教科書にも、それが出ていた。たまたま第何課か、それが読まれたときである。

「こうもりは、とても、ひきょうなやつです。あるときは、鳥のなかまのところへいって、わたしには、はねがあるから鳥ですよといって、おせじをつかい、また、あるときは、けもののところへいって、わたしをごらんなさい、からだじゅうに毛がはえているでしょう。だから、けものです。といって、ぺこぺこおせじをつかうからです。」

というようなことが、かいてあった。鳥でもない、けものでもない。そのくせ、鳥であり、けものである。そういう、ちゅうとはんぱな、きらわれもの——というのだ。

この話を読みながら、教室じゅうの生徒が、いっせいに、ぼくを見るのだった。

そして、

「ヒラノは、外人でもない。日本人でもない。人間のこうもりだ。」

というようになった。

この、ひどいぶじょくのことばは、それからえらい勢いで学校じゅうにひろまりだし、ぼくや、ぼくの同類たちを、恐怖の底につきおとし、校庭のすみっこで、しくしくと、すすり泣かせるのだった。

つぎに、エドモン＝ロスタンがきらいなわけは、というと、この作家には、有名な「シラノ＝ド＝ベルジュラック」という小説がある。シラノというきばつな主人公が、とても好人物で、うでっぷしも強いのだが、びっくりするほど鼻が高い。外国人はみんな鼻が高いのだから、ふつうの高さでは目につかないのだが、シラノの鼻だけは特別で、まるで、からすてんぐみたいだ。

だから、級友たちは、おもしろがって、ぼくのことを、「ヒラノ゠ド゠ベルジュラック」とよぶようになり、ぞっとするほどいやな「鼻高」を、からかいの種にするようになった。

そんなわけで、イソップ物語と、エドモン゠ロスタンは、だいきらいだった。

いま、ピカデリー劇場（もと、邦楽座）がたっている、数寄屋橋《すきやばし》のあたりに、むかし、有楽座という、とてもハイカラな近代劇場があった。いま、有楽町の映画センターにある有楽座とはちがう。そのころとしては、帝劇にくらべても見おとりしない、まことにしゃれた劇場であった。

文士劇（文学者や小説家がする芝居）だの、子ども劇やオペラなどが、じゅんぐりに上演された。そのほか、邦楽の名人会、長唄《ながうた》や義太夫《ぎだゆう》、さては、左団次《さだんじ》という名優の自由劇場が旗あげしたのもここだった。天勝《てんかつ》の手品だの、外国からきた名演奏家の音楽会もここでよく行われた。関東の大震災前までは、たてものだけはのこっていたが、みなさんのおとうさんや、おじいさんたちには、なつかしい思い出の多い劇場なのだ。

さて、学校の寄宿舎には、土曜日、日曜日でも、休日でも、なつかしい両親の家へ帰ることのできない生徒がいた。それは、ふるさとが遠くにある子どもたち（関西だの、九州だの、東北だの、北海道だの）と、ウイークデーの間に、いたずらや、いけないことをした罰で足止めをくった子どもたちだった。

だから、ぼくは、しょっちゅう、楽しい休日を、寄宿舎の中に、とじこめられていた。おさない反抗心が、いつまでも、ぼくを、みんなから、のけものにさせたのだ。

居残りの生徒たちは、ときどき、先生に引率《いんそつ》されて、この有楽座へ、芝居見物につれていってもらった。

それは、日曜日にだけ上演される「子どもデー」のもよおしものだった。おとぎ話でおなじみの巌谷《いわや》小波《さざなみ》さんだの、栗島狭衣《くりしまさごろも》（栗島すみ子のおとうさん）などというひとたちも、役者になって出た。まだおさなかった水谷八重子《みずたにやえこ》さんや、栗島すみ子さんや、夏川静江《なつかわしずえ》さんたちが、童話劇に出た。ゆめのようなベールのむこうで「青い鳥」のチルチルやミチルをやったことも、わすれない。

さて、ある日のこと。

この子どもデーの芝居のとき、なにかの記念日だったとみえて、あの片足の英雄、早稲田《わせだ》大学の創立者の大隈重信伯爵《おおくましげのぶはくしゃく》が遠くの舞台にあらわれ、少年少女向きの教訓演説をした。

その演説の内容はもうわすれたが、なんでも、「日本の子どもは、世界じゅうでいちばんえらくって、万世一系《ばんせいいっけい》の天皇をいただき、やまとだましいをもっているのだから、この、まじりっけのないたましいを、ほこりとして、大きくなったら国の威光《いこう》を海外にしめすように。」という意味の、とてもはげしい口調の演説だったことをおぼえている。

このことがあってから、ぼくは、とたんに、級友や上級生たちから、「やまとだましい半分」というあざけりのことばをあびせかけられるようになった。修身《しゅうしん》や歴史の時間、やまとだましいとか、じゅんすいの大和《やまと》民族とかいうことばが出るたびに、クラスの目と顔が、いっせいにぼくに向けられ、くすくすわらいが始まるのだった。

三度に一度は、「おれだって日本人だぞ。」といって争うことがある。すると、きまって、

「だめだよ、おまえなんか、まじりじゃないか。大隈さんだって、あいのこは非国

民だといったじゃないか。」

とやりこめられた。

とうとう、ぼくは、「やまとだましい」と、「大隈さん」と、「万世一系」が、親のあだか、おそるべき敵のように、にくくて、にくくてたまらなくなった。が、「たましい」や「一系」にたいしては、反抗のしようもなかった。

そこで、アメリカにいた父に、そのことをくわしくうったえた。せめてもの心の悲しみと怒りを、一部分でもいいから、父にひきうけてもらおうと思ったのである。

それから一、二か月のちの、ある日のことだった。校長室へよばれたぼくは、「早稲田の大隈閣下《かっか》が、あいたいから、すぐくるようにとのお使いだ。」といいわたされた。

ぼくはそのとき、ぞうっと身ぶるいがした。きっと、なにか、自分では気がつかないですごした、とんでもないいたずらのためだろうと、きめてかかった。だから、からだがぶるぶるふるえだした。しかし、なにがなにやら、てんで、けんとうがつかなかった。

校長につれられて、牛込見附《うしごめみつけ》や神楽坂《かぐらざか》を通り、高田馬場のほうへと、てくてく歩いた。

やがて、大きな門と、きれいな庭と、長いろうかと、光りかがやいた縁側《えんがわ》のお屋敷にはいった。

応接室では、七宝《しっぽう》のりっぱな花びんに、べにつつじが、いまをさかりと、もえるようにさいていた。

やがて、おかしやお茶が運ばれ、さいごに、大隈さんが、足をひきひき、お付きの人に助けられながら、はいってきた。新聞の写真や、雑誌の口絵でいつも見なれた、おじいさんだった。

この老人は、にこにこほほえみ、

「よくきてくれましたね。」

といいながら、校長にあいさつするよりも先に、ぼくにあくしゅして、かたをやさしくだいてくれた。そして、しじゅう笑顔をつづけながら、とんがった口をおもおもしく動かしながら、いまだに、はっきりと、耳の底に鳴りひびいていることばを、力強く、くりかえした。

「きみのおとうさんは、日本の恩人《おんじん》です。きみは、世の中で尊敬されているおとうさんの子です。きみのからだに流れている血は、もっともすぐれた西欧の血と、もっともすぐれた日本人の血なのだ。だから、胸をはって、どうどうと生きぬくことです。きみは、だれにもひけめのない、すぐれた心とからだにめぐまれているのだから、けっして、だれに、どんなことをいわれようとも、気にかけないで、大きなほこりをもって生きてください。いつでも、こまることや、悲しいことがあったら、わたしのところへおいでなさい。いつでも、待っている。わしは、きみのおとうさんから手紙をいただいて、ほんとにおどろいた。わしが有楽座でしゃべったことが、きみの心を傷つけようなんて、ほんとに考えてもいないことだった。かえすがえすも残念なことだと思っている。」

しかし、いったん傷つけられた心は、なかなか、なおりはしなかった。

こうして、フランス人の学校にいる間、ぼくは、たえず、キリスト教の教えが信じられないさびしさと、あまりにも冷たい、まわりの空気で、ますます心を暗くさせるばかりだった。

そして、一方では、もうれつな反抗心がわいてきて、なにか、ことがあれば、ぼっぱつしないではすまないほど、全身はレジスタンスの熱いうずでもえていった。

わすれもしない……。

それは、明治四十三年の日韓合併《にっかんがっぺい》（日本が、朝鮮の実権をにぎったこと）のお祝いのときだった。フランス人の校長が、先頭に立って、宮城前《きゅうじょうまえ》の広場へ、ちょうちん行列にいった。群集は、狂ったように、バンザーイ、バンザーイとさけび、それはもう、夜なのに、まぶしいほどの灯火《とうか》の波だった。

校長がおんどをとって、まず、

「テンノウヘイカ、バンザーイ。」

と、大声でさけんだ。ぼくたちは、無心に、バンザーイをとなえた。それから、

「ニッポンテイコク、バンザーイ。」

になった。

天皇陛下バンザイ！　まではよかった。が、日本帝国バンザイ！　というときに、はたと、子ども心にも、とまどいがおこった。はじめて、ふかいふかい疑問、おさないながら、とけがたい疑問がわいてきたのだ。

広場のまつごしに芝生《しばふ》がにおい、そのむこうに、楠正成《くすのきまさしげ》の銅像が、夜空にもくっ

きりと見え、無数のちょうちんの照りかえしで、赤々と、うきあがっていた。九十九里浜の高潮のように、ゴーゴーと、ときの声と花火の音と、絵万灯《えまんどう》がみだれた。どの顔も、ほこりと栄えにみちていた。

——このときほど、ぼくは、ひとりぼっちのさびしさを味わったことはない。「こうもり」の悲しみだろうか。

いったい、鳥でも、けものでもないぼくにとって、「わが国」というのはどこなのだろう?

大日本帝国が祖国なのだろうか? ぼくにとって、それは、「母の国」でしかないのだ。ぼくにとって、祖国は、「父の国」でもあるはずだ。

愛国心といい、外国人といい、同胞《どうほう》といい、いつもは、なんの考えもなく、習慣的に口にし、そう気にもしないでいた。いったん気になりだすと、はてもなく、それからそれと、うたがいがわいてくる。

おどりくるう、陽気な人波の中で、ひとりぼっちの、さむざむとした心をいだいて、わっしょ、わっしょと、およそ、ぼくとはなんの関係もない、うつろな騒音の中に、いつまでも、とけこめぬ孤独を感じて、ぼくは、じっと立っていた。

バンザイなんて！　なにがバンザイなんだ！　なにをそんなに祝うのだ！　祖国でもない祖国を、ぼくは、祖国とよばねばならないのか？　母の国が祖国なら、父の国だって祖国だ！

運命のいたずらによって、ひょっこり生みおとされたぼくは、第一日から、日本の大地にいた。そして、ずっと日本に住んでいる。それだけのことで、ぼくが「日本人」だというならば、もし、ぼくがアメリカに生まれ、アメリカで育ったなら、とうぜん、ぼくはアメリカ人であり、日本は外国であるはずだ。

同時に二つの国を祖国とよび、二つの国の民と、みずからをよび、日米両国に愛国心をいだくなんて、どうもへんだ。へんでたまらない。だからこそ、心から日本バンザイと、さけぶ気になれないのだ。

あの、遠いむかしのゆめのような、日韓合併の祝典《しゆくてん》の夜をさかいとして、ぼくは、心の中ではもう、「国のないさすらいびと」であった。そして、いびつな「二重国籍《にじゆうこくせきしや》者」としてのたよりなさを、しみじみと、味わわねばならなくなった。

だが、成長してからのぼくは、このおさない絶望をじっとおさえつけ、暗いうずの中から、ひとすじの明るい光をつかみだした祖国のない者の、はればれとした自由さ！　宇宙人！　世界人！　という考えに、心からうっとりするようになった。世界人——コスモポリタンという考えは、ぼくのばあい、けっして思想ではなく、肉体から生まれた、切っても切れないものだ。この考えによって、もう、いっさいの差別や、あいのことよばれるうめきに、うち勝つことができた。

だからこそ、この間の太平洋戦争のさいちゅう、ぼくは、考えのうえでは、はっきりとした「心がまえ」をもちながら、心の底では、根こそぎ、えだも葉ももぎとられていく木のような、悲しみを味わったのだ。そのときのことについては、あとで、いろいろなできごとの話とともに、くわしくしるすことにする。

おそるべき子どもになるまで

やがて、中学の一年――そして、二年、三年と進むにつれて、いままでまったく気がつかずにいた、ふしぎな世界が開けてきた。おとなになろうとして、なりきれない、ふしぎな心おどりなのだ。男と女との区別にかんする、なんともいえない解釈のようなものであった。

ことに混血児の春の目ざめは、みごとであった。それは、一種のあこがれににている。人なみいじょうに、西欧の血をうけているぼくの、そうした目ざめは、猛牛のように、ものすごかった。

思えば、それには、そのころ読んだ本が、大きなえいきょうをあたえたようだ。

中学二年のとき、国語の先生から、

「きみは作文がうまいね。なかなか文才があるよ。この道に進むといいね。」

といわれ、その年齢では、なかなか読みこなせない、むずかしい本——たとえば、「平家物語」だの「源平盛衰記《げんぺいせいすいき》」だのという、古いものを、かたっぱしから手にとったのであった。

寄宿舎には自習室というのがあって、寄宿生は放課後、夜の九時まで、そこで、なんでもすきなことをする自由をあたえられていた。予習や復習をする生徒もいれば、童話や冒険小説に読みふける子もいる。

けれども、許可をうけた本のほかは、どんな本でも、読むことは許されなかった。ぼくは、こっそり買ってきた、なにかの小説を読んでいるところを見つかって、一週間の停学《ていがく》をくったことがある。

しかし、国語の先生から、読みなさいといわれた本だけは、どうどうと、つくえの上に開いて読めた。その中には、多くの美しいロマンスをつづったものがあった。むかしの日本の文学は、ほとんどが恋愛をうたった、美しいものだからである。しかも、そのような本を、目のするどい監督の教師が見張っている自習室で、ぼくは数年間、勝ちほこったような、こきみよさで、読み味わったものだ。

フランス語が上達するにつれて、参考書として、モーパッサンや、フロベールや、ドーデ（いずれも十九世紀のフランスの文豪《ぶんごう》）などの美しい小説を読むようになった。もっとも、それは、生徒に読ませてもさしつかえのない風景描写がほとんどだった。

けれども、そうした文章のおしまいのところに、たとえば、「フロベールのボヴァリー夫人より」とか、「モーパッサンのベラミより」とかいうふうに、原書の表題がしるしてあった。だから、ぼくは、その原書をどうしても手に入れてやろうと思って、丸善《まるぜん》商店だの、ほかの洋書店だのへ出かけていって注文した。

うまく手にはいると、先生にはわからないように、ハトロン紙でカバーをかけて、どうどうと自習室に持ちこんだ。そして、辞書をひきひき、「ベラミ」だの、「女の一生」だのを、むさぼるように読みふけった。

が、先生は、ぼくが、辞書と首っ引きなのを見て、

「ヒラノは、フランス語を、こんなにも、いっしょうけんめい勉強している。感心なやつだ。」

と、遠くのほうから、にこにこして、こっちを見るだけだった。

アナトール＝フランス（二十世紀はじめごろに死んだフランスの小説家）の、カ

トリック攻撃の短編など、胸がすくような気持ちで読んだ。とにかく、どんな、いけない本でも、原書で辞書を見ながら読むのだから、だれの目にも、ぼくは、ひじょうに熱心で、まじめな生徒に見えたらしい。こうして、ぼくは、ローマ法王が、世界じゅうのキリスト教信者にたいして、「ぜったいに読んではいけない。」と、きびしく禁じている反キリスト的な小説だの、子どもにはすこし早すぎるような、おとなの読む小説などを、かたっぱしから、なんのじゃまをも受けず、へいちゃらで読むようになっていった。

すると、だんだん、心はのびのびとしてきて、神さまなんか人間のつくったものだ、という確信がわいてきた。

それにつづいて、あわあわとした、なみだっぽい「ゆめ」が、やたらにこいしくなってきた。少年期の、春のだいいちのおとずれとでもいうのだろうか？

有本芳水《ありもとほうすい》という、美しい新体詩人の詩に心をうばわれだしたのも、そのころだろう。芳水の詩は、「日本少年」という月刊雑誌に、竹久夢二《たけひさゆめじ》という叙情画家《じょじょうがか》の、ものがなしさをこめた木版画とともに、毎月発表された。ぼくは、それを、声をたてて読んだ。

ああ、少年のころのうっとりとするような、あまい哀愁《あいしゅう》。——それは、ぼくにとって、有本芳水と竹久夢二のえがいてくれた世界から始まったのだ。

——旅をこのみ、花散る南国のなみ木路《じ》に、巡礼の歌を聞きて泣き、月出《い》ずるとき、北国の港に船唄の声を聞きてたたずみ……

——はるけき海路《うなじ》の磯《いそ》づたいにすげ笠《がさ》をいただき、または西国の旅籠《はたご》に草枕ねむりもあえず、はばきの紐《ひも》をひきむすびて、さては、みちのくの夜泊《やはく》に赤き灯《ほ》かげをなつかしみし身なれば

旅にしあればしみじみと

赤き灯かげに泣かれぬる……

とうたう芳水の詩は、一生を、異国人としてさびしく送るあいのこの、やるかたないさびしさを、十二分になぐさめてくれた。

ああ、自習室の百しょくの電気の下で、ぼくは、芳水にうたわれた「琵琶《びわ》のみず

うみ」や「春は行く」という詩で、いくたび、うっとりしたゆめごこちにさそわれたことだろう。

少年の日の思い出に、その一節を、ここにしるしてみる。

琵琶《びわ》のみずうみ
雲むらさきに風白き
近江《おうみ》の国の昼さがり
胡蝶《こちょう》追いつつ雛僧《ひなそう》が
湖ちかき松原を
つたいゆくころ三井寺《みいでら》の
鐘《かね》はさびしくひびき来ぬ
ふりさけみれば京の空
濃き夏雲のたなびきて
ただ名のみなる逢坂《おうさか》の

関もむなしくつつまれぬ
川には花の散り浮きて
水には魚もおどるかな

京より来たる巡礼は
大津の宿《しゅく》にあととめて
赤き衣《きぬ》織るうら若き
少女《おとめ》の唄をなつかしみ
明日《あす》の美濃路《みのじ》の駅路《うまやじ》の
そのさびしさを憂《う》りょうらむ

鈴の音のみちゃらちゃらと
染め分け手綱《たづな》ひかせつつ
紺《こん》のにおいのなつかしき

馬借《ばしやく》の馬の背《せな》にして
瀬多《せた》の唐橋《からはし》からかねの
ぎぼしの橋を越ゆるかな……
（以下略）

春は行く
春は行く
少年の日の春は行く
銀の針のさびてゆくごとく
また　たんぽぽの穂の空に立ちのぼるごとく
春は行く
少年の日の春は行く
金色の　釦《ボタン》の光れるごとく
また紫の桐《きり》の花のちるがごとく

芳水のつぎには、北原白秋の「思い出」も、わすれられないうるおいをあたえてくれた。異国情緒《いこくじようちよ》そのものを身につけているぼくたちにとって、「邪宗門《じやしゆうもん》」や「オランダ風景」は、なつかしい母の国のようだった。トンカジョン兄弟の、無心なたわむれは、弟武雄と、この兄との、ひそかな「ひとり遊び」だった。

こうして、中学生のぼくは、ぐんぐんと、あやしくも美しいゆめにひかれていった。

が、いつものぼくは、あいかわらず、「手におえぬいたずらっ子」であり、「信者の子らしくない反逆児」であった。そして、さらにもうひとつ、「生まれが異常なのだから、どんなにへんてこなやつになるかしれぬ。」という先生たちの、注意人物であることにかわりはなかった。

が、たとえ、うわべはおどけていても、心のなかはしめっぽかった。

そして、ちえはしずかに熟していったのだ。はかなく、おろかなちえではあっただろうが。

軍人出現

それは、同時だった。軍人の出現と、悲しい戦争遊び！　そして、ぼくの運命は、だんだんと、くるっていったのだ。

第一次欧州戦争の前だった。とつぜん、まったくとつぜんであったろう。あの朝、朝礼のとき、校長とならんで、ひとりの軍人が台の上にあがった。

「きょうから、兵式《へいしき》体操を教えてくださる。」

と、校長がいった。黒い衣《ころも》で、白い髪のフランス人の神父とならんだ、背のひくいカーキ色の青年士官《しかん》のすがたは、みょうな感じだった。こうして、キリスト教と軍隊が、ぼくたちの目の前で、あたたかいあくしゅをかわしたのだ。

この陸軍中尉《ちゅうい》は、髪の毛を五分がりにして、こってりと香油《こうゆ》をぬりつけ、香水のしみたハンカチで、ちょびひげをぬぐう、身だしなみのいい、おしゃれな軍人だ。

起きるときからねるときまで、修道者特有の、男くさいあせと、あかくさい教師ばかりにかこまれどおしの寄宿生たちは、

「兵隊のやつ、女のにおいがするぞ。」

とささやきあった。

「うちへ帰ったようだよ。おかあさんの鏡台《きょうだい》のにおいのようだもの。」

と、みょうなところで、ホームシックを発散したりした。そして、親いぬのあとをかいでまわる子いぬのように、中尉どののにおいをかごうと、ぞろぞろと、ついてあるいたりした。

こしの剣をずるずるひきずり、用もないのにくっつけた拍車《はくしゃ》の歯車をぴかぴか光らせ、耳なれない漢語まじりの軍隊用語で号令したり、どなりちらすこの中尉どのは、こうして、生徒たちに、とんでもないなつかしみをあたえたのだった。

さて、このおしゃれ中尉どのは、だんだんと、学校の中で、大きな勢力をもつようになってきた。そして、数か月のうちに、教員室のいちばん大きなつくえを占領《せんりょう》し、教頭をさえも、あごであしらうようになった。

そのうちに、大ドイツの帝国主義が、イギリスの植民地をがたつかせ、商品競争

のうえでも、旧大陸や新大陸をおしのけ、おしのけるようになり、世界じゅうに、なんともいえない不安な空気がみなぎってきた。そして、ついに、ぼくたちが小学校の六年ごろには、そのようなことが原因となって、ヨーロッパの天地は、ちょっとの動きにも、ばくはつしそうな形勢になった。

「底知れない危機がじりじりっとせまってきた。」と、歴史の本はかいている。

カーキ服のおしゃれ者が、ものすごく、はばをきかすようになった一九一七年ごろには、ヨーロッパ全土はめちゃめちゃになっていた。アメリカが戦争に加わり、ドイツは孤立し、日本はいつのまにかチンタオ（青島）を占領してしまった。

中尉どののいばりかたには、さすがの神父や修道士たちも、まごついたようだ。天主さまのほかには神はない。だから、ほかのどんなものをも神としておがんではならぬという、きびしい教えを、つね日ごろ、生徒の胸にたたきこんでいた神父さんたちだったが、

「きょうは、皇国《こうこく》の前途に栄光あれと、靖国神社《やすくにじんじゃ》に参拝《さんぱい》する。生徒をぜんぶつれていって、おがませる。」

と、カーキ服の軍人さんに、じつにはっきりとした態度で宣言されて、すっかり顔

色をかえて、ふるえあがった。

ぼうさんたちは、「そんなことはさせられない。」といいたいのだが、軍人はぜったいの力をもっていたのだから、手も足も出なかった。

ぼくたちは、べつに靖国神社へ参拝になんかいきたくはなかったが、参拝とその行き帰りの時間だけは、遊べるのがうれしかった。たいくつな授業をそれだけ受けないですむということと、それから、神社参拝ということが、キリスト教に反対するひとつの方法として、たいへんおもしろかったから、このときばかりは、カーキ服の命令をよろこんだのだった。

しかし、中尉どのの教練は、ポマードや香水のおしゃれ男とは思えないほど、きびしく、血もなみだもないやりかただった。

「きさまらは……。」とか、「どうせ、お国のために、戦場で名誉の戦死をするのだから……。」とか、おそろしいことを、平気でいうのだ。

あるとき、古ぼけて、実用には使えない、がたがたの村田銃という鉄砲が、大げさな伝達式とともに、この学校にお貸しさげになった。どうせ、毛唐が経営している学校だ、というので、とくに、こんな旧式のおんぼろ鉄砲を、ほんのちょっぴりよこしたのである。

ところが、さて、この銃の手入れがたいへん。

「おそれおおくも、銃は陛下の玉体《ぎょくたい》である。すこしでも、粗略《そりゃく》なとりあつかいはゆるさぬ。」

という。

だが、はじめからさびついていてどうにもならない銃を、なれない生徒の手で、どうして、ぴかぴかに光らせ、がっちり組みたてることができよう。

ことに、夏休みあけの教練のとき、二か月もほうってあった銃が、ざらざらな赤さびで、手のつけようもなくなっていた。

それを見た中尉どのは、かんかんにおこって、級長をよびだし、いきなり、

「きさまの責任だ！」

というが早いか、めちゃめちゃになぐりつけた。そして、

「きょうは、すっかりそうじして、光らせないうちは、帰宅させぬ。」

と、たいへんな、けんまくだった。

気のきいた生徒が、こっそり、紙やすりを持ってきて、ごしごしとこすった。さ

びは、おもしろいようにとれた。

「べんりなものを持ってるんだな。ぼくにもかしてくれよ。」

「ぼくにもみがかせて……。」

と、一まいの紙やすりは、われも、われもと、うばいあう生徒たちの手で、いくつにもちぎられ、めいめいが、ごしごしと、赤さびをこすりおとした。

そこへ、ふたたび、鬼中尉があらわれた。みるみる、顔じゅうまっかになり、歯をぎりぎりとくいしばり、いきなり、二、三の生徒の上におどりかかり、なぐる、ける、ころがす、ふんづける、まるで、猛虎《もうこ》のようにあばれはじめた。生徒ぜんぶが、横びんたを数十回くわされた。

「玉体に傷をつけた！」

というのである。

「紙やすりをもってきたやつは、前に出ろ！」

ついに、だれも出なかった。団結が、無言のうちにかたまった。

生徒は、入営まえ、すでに、こうして、弱い者をいじめるおおかみの、にがにがしいらんぼうを、身にしみて味わったのだ。

「ヒラノ！　おまえは片親が毛唐だってな。戦争になったら、おまえみたいなやつは信用ができないぞ。きょうから、おまえには銃剣術を教えないことにする。兵式体操もやらんでいい。見学していろ。」

ある日、ついに、軍人はこう宣言した。ぼくは無念のなみだに、ただ、ぼうぜんとして直立していた。

「ひどいぶじょくだ！　いまにみろ！」

と、こぶしをにぎった。

ぼくの祖国はどこでもない！　この日本なのだ！　顔形がちがうだけで、心は日本人だぞ！　ほかのどの生徒よりも、ずっとよけいに日本人なのだぞ！　よほどそういってやりたかったが、じっとがまんした。

兵式体操は、単調なわりに、とてもくたびれる。冬の最中でも、あせだらけになり、ふらふらになる。だから生徒たちは、なにかと口実をこしらえて、見学だけでかんべんしてもらおうとした。なんでもないのに、大げさに足や手に包帯をまいたり、かぜだといって和服を着てきたりした。

「ヒラノ、うまくやってるな。」

「あいのこに生まれたかったよ。」

とうらやましがられた。

こんなことが数か月つづいたある日、中尉は、どう思いなおしたのか、いつになくにこにこして、ぼくのかたをやさしくたたき、

「きょうから、みんなといっしょに兵式体操をしなさい。つらかったろうな。」

といった。

しかし、ぼくは平気だった。見学になれると、けっこう、そのほうがらくだし、たとえ、どんなことがあったって、兵隊のまねなんかするものか。死んだって、兵隊になんかいくものか。——そう、かたい決心をしていたので、いまさら、日本人なみのあつかいなんか、まっぴらだ！

「いいえ、ぼくは混血児ですから、その必要はありません。見学でけっこうです。」

と、だんぜん、つっぱねてやった。

いつもなら、「なにを！　このやろう！」とおどりかかってくるのだが、このときの中尉は、だまってうなずくだけで、手をふりあげるでもなく、にらみつけもしなかった。

「そんなごうじょうをはらないで、みんなといっしょにやんなさい。」

しかし、ぼくは、殺されたっていい、ぜったいにやるものか、ときめていた。

そこへ、なにごとかと心配して、校長がやってきた。校長のあとから、教頭もとんできた。そして、

「なぜ、いうことをきかないのか。」

となじった。

中尉どのは、ぼくにその理由をいわれるのが、おそろしかったのだろう。

「まあ、まあ……。ヒラノくんの気持ちは、自分にわかっているのです。まあ、まあ。どうぞ、自分にまかせてください。」

と、むちゅうになって、校長たちに、「おひきとりください。」とくりかえした。

この事件は、たちまち、学校じゅうに、ものすごいほど反響をよびおこした。そして、いくたびか職員会議が開かれ、このようなきょくたんな差別的なやりかたは、よくない。もしも、父兄や文部省に知れたら、ただごとではないという心配で、校長や幹事までが、あわてだした。

そして、とうとう、中尉どのは、もとの部隊によびもどされ、とうぶんのうち、

兵式体操がなくなって、ふつうのデンマーク式体操だけになった。

混血の生徒たちは、この事件ではじめて、おたがいの、いままでのちりぢりばらばらな態度はよくないと反省し、なかよく、いっしょに手を組んで助けあおうではないか、ということに気がついた。しいたげられた者たちが、がっちり腕を組んで、身を守る、ということの心強さを知ったのだ。

そのうちに、戦争がはげしくなった。ドイツ軍が、ベルギーの中立をふみにじって、首都、ブリュッセルやアンベルスを焼きはらい、かなりひどい作戦をしたため、多くの無力な市民がぎせいになった。


さて、五年の一学期は、こうして、なんとなくざわめいた空気のうちにすぎ、二か月の夏休み……。母の待つ横浜の家はなつかしかった。

弟は六つのかわいいさかりだった。めんこをしたり、病院前の広場で、むじゃきに鬼ごっこをしたりしていた。

ああ、弟武雄の心には、どうかして、ぼくのような暗いかげがささないように……と、いのらずにいられなかった。ものごころがつき、まわりの冷たい目にならされて、しぜんと、いびつな感情がめばえてくる。そんなことのないように……。

しかし、こわかった。

弟に、「おまえ、あいのこといわれやしないか?」ときく勇気がなかった。ふれるのがおそろしかった。すくなくも、この目で見られる範囲では、まだ弟のどこにも、ひねくれや、さびしいかげや、いじめられて泣いて帰る子のいじらしさは、見いだせなかった。

母に、武雄はそんなことありませんか、と、たずねることさえ、はばかられた。母の心を、あらたな心配で傷つけたくなかった。

母は、ぼくの幼年時代にとった、しつけのしかたを、弟のばあい、かなり改善したらしかった。「プルターク英雄伝」だの、「小公子」だの、「家なき子」、さては「青い鳥」「こどものくに」といったような、明るい、美しい、生きがいをもたせてくれる本を、毎日、わかってもわからなくても、とにかく、弟にやさしく読んできかせていた。

弟は、かわいい声で、「パーピヤ、パーピヤ」をうたったかと思うと、近代詩ふうの童謡をうたうようになっていた。

父からは、
　欧州戦争で、アメリカが参戦したため、たいへんいそがしくなった。

といってきた。バイオリンばかりひいているおとうさんが、戦争とどんな関係があるのだろうか、と、ふしぎな気がした。

　カリフォルニア州の義勇兵《ぎゆうへい》の相手をしている。ことに、在米日本人で戦争に志願するひとたちのためをはかっている。

　このあいだ、とてもおもしろいことがあった。ひとりのわかいイタリア人が、ギターをかかえて、志願してきた。規則によって、いっさい、私物（自分の持ち物）を軍隊のなかに持ちこんではいけないことになっているので、ギターなんてとんでもない、といってやったが、わたしは、ギターをひかないでは一日もいられません、とくべつにゆるしてください、と、熱心にたのむのだった。バイオリンを一日もひかずにいられないのは、わたしも同じなので、とくべつ例外として、ゆるしてやるように骨をおった。

　そのイタリア人は、よろこびいさんで、ギターをかかえて出征《しゆつせい》していった。

いまごろは、フランスの国境で、ドイツ軍の砲撃を受けながら、イタリアの民謡で、戦友をなぐさめているだろう……。ざんごう戦はたいくつ……。

フランスの美しい短編小説のような手紙を受けとったのは、二学期の始まるころだった。

学校から成績表がきた。一学期の成績である。胸をどきつかせて、あけてみた。そして、思わず、ちくしょう！　とさけんでしまった。学課は、ほとんど八点から十点だった。が、二百点満点の総合点では、りっぱに落第点がついている。というのは、百点以下というひどい点なのだ。

こんなはずはない。試験もほとんど完全にできたのに、見れば、品行点がゼロなのである。だから、どんなに学課がすぐれていても落第なのだ。品行点がゼロなんていう例は、おそらくぼくしかないだろう。

こんなばかばかしい点のつけかたなんてあるものか。品行の点をつけるなんて、いったい、どういうところからきめるのだろう？　まったく一方的なやりかただから、けんとうがつかない。品行と修身はつきものであるはずなのに、学課としての修身は九点だった。こんなりくつにあわない話はない。

ぼくは、夏休みが終わろうとする数日前、そのわけをききに、学校へかけつけた。母に心配させたくなかったので、成績表は見せなかった。ひとりでかけあいに上京した。

「きみは、りっぱなカトリック信者の家庭に育ち、おとうさんも、おかあさんも、りっぱな信仰をもっておいでのかただろう。」

幹事は、はじめから、けんとうちがいなことばで、おっかぶせてきた。

「学校の学課の成績や品行点と、宗教とが、どんな関係があるのですか。」

ぼくは、もう負けてはいなかった。主張すべきことは主張しろ、正しいと思うことは、勇気をもって、あくまでも主張しろ、と、学校は教えてくれたはずだ。

「だまりたまえ、きみは、神さまからはなれようとしている。たいへん危険なところにきているのだ。」

幹事は、まだ、同じようなことをくりかえしている。

「品行点がゼロというのは、どういうわけなのですか。」

「きみは、ほかの生徒とちがい、りっぱなカトリック信者の子なのだ。カトリック信者が、教えにそむいたり、信仰のつとめをおこたったなら、あとになにがのこるか。きみには、ほかの生徒をみちびくべき義務があるのだ。カトリック生徒として、みんなの模範になって、ああ、やっぱり宗教を信じている人はちがう、と、いわれるようにならなければならぬ。きみは、その正反対のことばかりしているではないか！　日曜日に教会にもいかないし、教えにもサボってばかりいて、いっこう、すがたを見せないではないか。信者が、信者の道を守らないで、品行点がもらえると思うのか。」

「それでは、信者の子だから、品行点がゼロなのですか。ぼくが、もし、信者の子でなければ、ゼロではなかったのですか。」

「もちろんだ。それほど、宗教のおきては、きびしく、正しいのだ！」

「では、もし、神さまを信じなくなったら、いいえ、信者でなくなったら、どうなのでしょう。」

「きみは、そんなことができると思うのか？　きみはありがたい洗礼をさずかっている。きみの名は、ローマ法王のお手もとに、ひかえてあるのだからね。」

学校を追いだされて

長い夏休みも、あっけなく終わり、秋がきて、新学期が始まった。

ぼくは、もう、カトリックなんていう、いんちききわまる迷信なんかに、とらわれないぞ！　ばちをあたえるなら、あたえてみろ！　と、はらわたがにえくりかえるような怒りにもえながら、寄宿舎に帰ってきた。ようし、こんどこそ、かたっぱしから反抗してやるぞ！　と決心した。

すると、ある日曜日のことだった。それは、十一月の一日だったと思う。カトリックでは、トー＝センといって、いろいろな聖人の祝日とされ、この日だけ、そろっておはかまいりをするのである。日本でいうおひがんである。

午前十時に、校内のチャペル（聖堂）でミサという祭式がある。祝日だから、ふつうのミサとちがう。司祭の手助けをするミサこたえにしても、いつもなら左と右、ひとりずつでいいのだが、祝日の歌ミサのばあいは、ろうそくをささげる役だの、香炉をふる役だの、さまざまのミサこたえが用いられる。いずれも、赤いつめえりのワンピースに、白いみじかいベールを着た、おもちゃの人形のようなしょうぞくであらわれるのである。

このミサこたえは、生徒がつとめることになっていた。祭壇の前で、司祭との間にラテン語の経文のやりとりがあって、式の順序にしたがい、鈴をならしたり、キリストの血にたとえたぶどう酒をささげたりする。

ちょっとめんどうな仕事なので、ときどき、とちる。すると、前列にこしかけているなかまがくすくすわらったり、ときとして、げらげら、ばか声でわらうのだ。すると、いきなり、監督の教師が、大またで、うしろからしのびより、わらった生徒をつねったり、腕をつかんで聖堂のそとへひきずりだしたりする。神聖なチャペルの中までも、冷血な教育はいきわたっている。

ミサこたえは、ちょっとしたお芝居のようなおもしろさがあるうえ、じょうずにしまいまでつとめると、学課の点もあげてくれるし、品行点までよくしてくれるのだから、みんながやりたがる。

ところが、ぼくみたいに、しょっちゅう反抗ばかりしている「きらわれ者」には、なかなかミサこたえの番がまわってこない。どんな劣等生でも、ヒラノよりはましだというので、けっして赤い着物、白いベールの立て役者にえらぼうとしない。あんないたずら者を、神さまのみそばに近づけたら、ばちがあたるときめていたらしい。

ところが、この日は両方（生徒と先生）にとって、なんという悪日《あくび》だったろう！　せっかくの諸聖人の祝日だというのに、めぼしい生徒は、ほとんど家に帰ってしまって、寄宿舎にぼんやりのこっているのは、コーラス隊の生徒と、キリスト教とは縁のない生徒が四、五人、そして、足止めの罰をくったぼくだけだった。

コーラス隊は、ミサのさいちゅう、聖歌をうたわなければならない。だから、ミサこたえはできない。先生たちは、こまってしまった。が、なんとしても、ぼくだけは使わないようにしようと思い、いろいろと、頭をひねったが、てきとうな生徒がいなかった。で、とうとう、それではしようがない、ヒラノにやらせよう、ということになった。

「おまえは、このごろ、たいへんおとなしくなったようだ。そこで、先生がたが、とくに、おまえをえらんで、きょうの聖なる日に、ミサこたえをさせようとおっしゃる。ありがたく、そそうのないようにつとめなさい。」

司祭長の教師が、ありがたそうにこういった。ぼくは、どうせ、ミサのさいちゅうは、にげだすわけにいかないのだし、おとなしくこしをかけておがんでいるより、たいくつしのぎになると思って、

「はい、しょうちしました。」

とひきうけた。

ミサはすすんで、グレゴリアン＝シャントという古風な聖歌が、のびのびと丸天じょうに反響した。「アニュス＝デイ」という問答体《もんどうたい》のお経が司祭のたいこ腹から、ふとい声でとなえだされた。

このときだった。ぼくは祭壇にひざをついたまま、両手をいきなり、ううんと、頭の上にさしのばし、げんこつを作り、親指でおかしなかっこうをつくってふりまわした。

ほとんど瞬間的にやってのけたのだった。それは、ただ、みんなをわらわせてやろうという、ごくたんじゅんな、いたずらな気持ちからだった。が、しかし、いま

になって思うと、どうやら、日ごろのはげしい不満と、神さまなんてあるものか、という反抗心のあらわれだったにちがいない。

　こうごうしいはずのミサ、そうごんな歌ミサは、とたんに、なにかことあれかしと、いたずらのチャンスを待っていた生徒たちの、ばかわらいと、ゆかをふむおどけた足音によって、こっぱみじんにやぶられてしまった。

　こんなおそるべきばちあたりなまねは、学校が始まっていらい、はじめての大事件だ！　というわけで、大さわぎになった。いままでにない大不祥事《だいふしょうじ》であり、神をけがすことはなはだしい、というので、先生たち一同大まごつき。どんな厳罰にしてもあきたらぬ、というのだ。

　ぼくは、ジムナーズ（雨天体操場）の地下室にほうりこまれてしまった。じゃがいもが、ゆかいちめんにころがっていて、かびくさい牢獄のようなへやだった。

　その日のうちに、横浜から母が、電報でよびだされた。

「いったい、どんなおそろしいことがおこったのかと思って、かけつけたら……。」

　母は、あとになって、くやしなみだにふるえながら、いっていた。

「うちのせがれが、いったい、どのようなおそろしい罪をおかしたのでしょうか。

長年、おせわになった学校を追いだされなければならないような、そんな、おそろしい悪事をしでかしたのでございますか。」

母は、ひややかな校長や幹事の前で、テーブルをたたいて、放校のわけをたずねた。

「父親が、いつもそばにおりませんので、ひといちばい、子どものしつけには、心をいためていたのでございます。理由をはっきりと、うけたまわらないでは、はい、さようでございますかと、おめおめひきさがるわけにはまいりません。どんなことをしたのでしょうか、はっきりと、おっしゃってくださいまし……。」

母は勝ち気だった。カトリック信者として、一生を教会のためにつくした母だったが、あまりにも冷たく、つっけんどんな学校の態度に、がまんができなかったらしい。むすこの未来を、一生を決定するこの重大なときにあたって、母は、そういつまでも、神さまたいせつとばかり、ぺこぺこしてはいられなかったのだ。

ところで、ぼくが退校処分にされる、その理由は、カトリックぼうずたちにとって、とうてい説明のできる性質のものではなかったようだ。神聖なる聖堂のなかで、ミサの式典のさいちゅう、ミサこたえをつとめながら、いきなり両手をつきだし、こぶしをおかしなかっこうにしてつきだしたなんて、どうしていえよう。

だから、先生がたは、くりかえしくりかえし、

「ヒラノは、手で悪い形をつくりました。」

と答えるしかできなかった。だから、母には、なんのことか、さっぱりわからなかった。

「手でどんな形をつくったのですか。」

「悪いものの形です。」

「そんな形というものがあるのですか。」

「けがれたものをあらわす形です。」

「そんな、そんな、手で、どんなまねをしたかしりませんが、それだけのことで、学校を追いだされなければならないなんて……。」

「やむをえません。」

とどのつまり、学校側は、「病気のために退学する。」という名目をつけるところまで、折れて出た。そういう形の退学なら、ほかの学校へ転校できるのだ。

こうして、ぼくは、おさない小学生のころから中学五年まで寝起きしてきた、思

い出多い寄宿舎と学校を追われたのだ。ずいぶん、つらいこともあったが、楽しいこともあった。

ぼくは、母の顔を見るのが、気のどくでたまらなかった。横浜へ帰る汽車の中で、「なんのことか、わからないままになってしまったけれど、いったい、その、指で悪い形をしたというのは、どんな形なのだか、おかあさんにいっておくれ。」と、すべてをあきらめきったように、むしろ、しずかに、やさしく、母はきくのだった。

そこで、ぼくは、びくびくしながら、そっと、その形をつくって見せた。母は、「まあ、この子は！」と、あいた口がふさがらない、というように、きょとんとした顔でわらいだした。が、わらいはすぐ消えて、くやしさのあまりだろう、泣きだした。そして、「ばかばかしい。」と、いくどもくりかえした。

アメリカにいた父には、「手で悪い形をつくったために、学校を追いだされました。」と知らせてもわからないので、神さまをけがしました——と、通知した。

母は、じいっと、ぼくの顔を見つめて、

「やっぱり片親が外国人の子は、どこかちがっているんだね。こんなにかわってい

るとは思わなかった……。」

と、いまさらのように、しみじみと、たんそくした。

こうして、小学校のはじめから、ものすごく高い月謝をすいつづけたキリストぼうずの学校は、子飼いのこひつじを荒れ野にほうりだしたのだ。そして、その長い未来を、暗い、あてのないさすらいにつきおとしたのだ。

ぼくは、しかし、心が明るかった。もう、あんな「格子なき牢獄」とはさよならなのだと思うと、うれしくてたまらなかった。

土俵場のけんか

学校を追いだされたその日から、ぼくは、どうしたことだろう、まるで、人間がかわったように、もうれつに、本を読みはじめた。中学五年で追いだすなんて、血もなみだもない学校のやりかたに、はんぱつしてやろう！　というはげしい怒りが、本に、かぶりつかせたのだ。五年を卒業したいじょうに、うんと勉強してやるぞ！という奮発心だった。

あんなかちかちな学校になんか、ぼくはすこしの未練も、心のこりもなかった。むしろ、さばさばした気分だった。ただ、なかよくしていた友だちにあえなくなるのは悲しかった。しかし、それだって、日がたてば、わすれてしまう。

ただ、ただひとつ、いいようのないさびしさ、あきらめきれないくやしさがあった。それは、あの学校いがい、どこの学校でも教えてくれないフランス語にたいする、身をきられるような郷愁《きょうしゅう》だった。少年の心に「フランス語と別れる」悲しみは、たえられなかった。それほど、ぼくはフランス語がすきだった。

放校をいいわたされて、母とふたり、じっと無言のまま、すごすごと、長年住みなれた学校の門を出るとき、ぼくは、思わず、両のほおに流れやまぬ熱いなみだに気がついた。

そうだ、それは、ほんとだ、「不覚のなみだ」なのだ。自分でも、まさか！　と思いながら、なみだだけが、さんさんと流れてくるのだった。目の前が、なみだでぼうっとかすんでくるのをがまんして、最後にもう一度、校舎と寄宿舎の赤い屋根とをふりかえってみた。

胸がおしつぶされそうに悲しかった。が、それは、けっして学校にたいするなごりおしさではなかった。十数年の間、これだけは、ぼくひとりのものだ、と信じきっていた、なつかしいフランス語と別れるのが、悲しかったのだ。

うっかりしていると、すぐ文法にくるいがくる。なまければ、心が散って、どんなやさしい単語もにげていく。うきうきと心明るめば、ボンジュール（こんにちは）、ボンソワール（こんばんは）、オールヴォアール（さようなら）の発音が、さえざえと、はずんでくる。

ああ、フランス語よ！　なつかしいフランス語よ！　ぼくの、たったひとつの友だったフランス語よ、おまえだけは、ぼくの悲しみや、不平や、反逆のるつぼを、やさしく、ひやしてくれた。

朝日のまぶしい夏の日でも、落ち葉散りしく秋の庭ででも、山々のいただきに、万年雪が青く光って見える冬の夜でも、フランス語は、ぼくのそばで楽しく忠実な歌をきかせてくれた……。ぼくのゆめは、フランス語とともに成長したのだ。

モーパッサンの、しみじみとしたいなかむすめの物語や、アンドレ＝ジイドの、めしいのむすめの話や、ドーデの水車小屋の水の音、ボードレールのあやしいほどふかふかとした、月の光の詩。——そうしたゆめは、みんなみんな、フランス語の、さわやかなひびきのなかから、にじみ出てくるのだ……。

フランス語の、まるで、子もり歌のようにやさしいひびきは、ぼくに、おさないころから、「さあ、きょうも元気で！」と、はげましをあたえ、中学生になったぼくには、「さあ、のびのびと、自由に、ものを考えようじゃないか。」とよびかけてくれた。

「よし、たとえ、学校がおれをフランス語の教室から追いだしても、負けるものか。フランス語だけは、うばいとられるものか！」

そして、ぼくは、「さようなら！」と、校章の星とげっけいじゅによびかけた。だが、フランス語にだけは、けっして、さようなら、といわなかった。だから、フランス語は、放校されたぼくのあとを、忠実に追いかけてきてくれたのだ。そうだ、この、追われていく、小さな主人のあとから、フランス語は、忠実な子いぬのように、てくてくと、ついてきてくれたのだ。――ああ、フランス語よ！　いつまでも、いつまでも、そばにいてくれ……。一生、おまえは、ぼくのいい友だちであってくれ……。

こうして、ぼくは、子どもに絶望した気のどくな母とともに、祖母が心配して待っている横浜の家へ、フランス語だけをいっしょにつれて、もどってきたのだ。中学五年の二学期といえば、高等学校や専門学校の入学がせまっているので、学生は目がまわるほどいそがしいのだ。その、いそがしいさいちゅうに、ぼくは、なさけようしゃもなく、学校を追われたのだ。

だから、上の学校への入学試験どころではなくなった。中学五年の中途からでは、どこへもいけない。どうしても、あと数か月間、五年生でいなければならない。五年を卒業したものでなければ、受験の資格がないからだ。

ところが、どこの学校にも、中学五年の二学期から、転校入学をゆるしてくれるところはない。五年どころか四年生にさえも、東京の中学校には、ひとりの転校を受けいれる空席さえありはしなかった。戦争中の好景気で、どこの親も、子どもを、どんどん、いい学校にいれて教育するよゆうが、あったからだ。

そこで、とうとう、東京や横浜の学校ではいれてくれないというあきらめから、いなかの学校をえらぶことにした。それも、みすみす、五年生から一年損をして、逗子《ずし》の開成《かいせい》中学の四年に、やっとのことで入れてもらったのであった。

ちょうど、葉山《はやま》の堀内海岸に別荘があったので、毎日、そこから、てくてく四キロメートルの道を歩いてかよった。

この小さな中学校は、白い砂地の上にたっていた。岸べのあしをかりとるための平べったい小船が、ふかいみどりの水草の間に、ちらちらと見えかくれして、そのあたりは、ほんとにしずかな川口のながめだった。春から夏にかけては、がまの花がにおい、水ぜりの葉が、かわいいつゆを、きらきらと反射させていた。

校舎ぜんたいが、まわりの田園風景とひとつにとけあって、まことにものさびしいところであった。質素な木造平家だての教室には、とても、東京の学校のような、しゃれたつくえや、まどかけなどのぞめなかったが、一日じゅうきこえてくる波の音は、からだじゅうから、都会のほこりや雑音をあらいおとしてくれた。まえにいたフランス学校のような、ゴシック式の講堂もなければ、つくえのひとつひとつにガスをとりつけた理化学の実験室もなかったが、校庭のまつ林をわたる潮風は、心をなごやかにしてくれた。

浪子《なみこ》不動《ふどう》の岩間には、うろこがきらめき、なぎさには、赤や黄色の海そうがゆれていた。学校からほど近い田越川《たごえがわ》のあさせには、あの有名な、「ましろき富士のね、みどりの江の島」の歌でみんなの知っている、この学校のせんぱいたちがそうなんしたボートの破片が、白々とペンキのあとをとどめていた。すべてが、のびのびとしていて楽しかった。

けれども、この学校は、もともと、海軍のえらい将軍が建てたのだそうで、いまでも、なんとなく、ぶこつな風俗がのこっていて、さかんに、すもうだの、剣術だのをしていた。だから、ヤマトダマシイと、テンノウヘイカが、本尊《ほんぞん》のようにうやまわれていた。したがって、混血児なんて、しらみか、ナンキンむしでしかなかった。

生徒は、「そうだんべえ。」「いたかんべえ。」の連発で、まったく、そぼくな、いなかものばかりだった。

ぼくが、校庭にあらわれると、めずらしいチンパンジーかおっとせいでも見つけたかのように、おおぜいそばによってきて、

「おめえ、毛唐人だろ。」

「にっぽん語使えるのけ?」

「エイゴの歌、うたってみろや。」

「どこから来ただよ?」

と、口々に、好奇心にあふれた質問をする。

ぼくは、どんな日本人よりも、「べらんめえ」やなんかがじょうずなので、さっそく、

「なにいってやがんでえ。おりゃあ、毛唐じゃねえぞ。ふざけちゃいけねえ……。」

ときめつけてやった。だが、心の中には、ひゅうひゅうと、冷たい、悲しい木がらしがふいていた。鬼界島《きかいがしま》に流された俊寛僧都《しゅんかんそうず》のように、心細く、たよりない気持ちだった。

この学校は、ボートレースと、すもうで有名だった。だが、ランニングでは、毎年、どこの学校にも、こてんこてんに負けつづけだった。

「よし、いつか、おれの、ほんとのねうちを見せてやるぞ！」と、ぼくは、ひそかに機会を待っていた。

いつのまにか、ぼくが作文や詩のチャンピオンだということが、先生たちの間に知れわたった。なぜなら、そのころ、新潮社から出ていた「文章倶楽部《クラブ》」だの、博文館の「文章世界」だのに、詩や短文を出して、優等賞をもらったり、ときどきぼくの写真が、そうした雑誌の口絵に出されたりしていたからだ。

さて、ある日のこと、

「ヒラノくん、ちょっと教員室まできてくれ。」

と、受け持ちの先生によばれた。

また、なにか、へまをやったかな、と、びくびくもので、教員室に出かけていった。すると、先生はにこにこと、いすをすすめてくれた。おかしやお茶も出してくれた。いったい、なにをいいだされるのかと、心中はなはだ心配だった。

「まあ、そうかしこまらず、こしをかけたまえ。おかしでも食べながら、ゆっくり話そう。」

と、先生は、おかしをひとつとってくれた。

「じつはね、この学校では、陸上競技がとてもだめなので、こまっているのだ。それに、かんじんの応援歌というものがないのでね……。」

そして、とどのつまり、

「そういうわけだから、ひとつ、応援歌を作ってもらいたいのだ。陸上と水上の両チームのをね……。たのむよ。」

というわけで、ぼくは、さっそく、みょうちきりんな応援歌をつくり、一方は「アムール川」の節でうたい、一方は「ワシントン」の節でうたうことになった。

朝礼のとき、校長が、よせばいいのに、もうすっかり生徒たちの間でなじまれ、大いに練習され、うたわれていた、この二つの応援歌の作者はヒラノくんである、と発表したからたまらない。

そこへもってきて、ぼくは例によって、この学校の五千メートルと百メートルの代表選手にされていたのだ。毎日、逗子と葉山の堀内の間、逗子と鎌倉材木座の間と、かわるがわる、マラソンの練習をしていた。

だから、生徒一同、ことに、ぼくを応援しなければならない連中は、すっかりむくれてしまった。自分が走って、それをみんなにうたわせながら応援させる。——それがおもしろくないところへもってきて、

「あいのこの作った歌をうたって、あいのこを応援するなんて、そんなばかばかしいことがあるものか！」

というのであった。

さらに、おさまらないのは、すもう部の連中だった。

ついに……、ああ、それは一生わすれることのできない日となった。いよいよ、あすは運動会という、まえの日であった。

「おい、ちょっと、浜へきてくれ。」

「なんの用なの。」

「なんでもないから、浜の土俵場へきてくれ。」

なるほど、すもう部も、てきとうな応援歌がないので、いやおうなしに、ぼくの作った歌をうたわせられていたのだ。

風が強くて、砂浜は、目をあけて歩けないほどだった。富士山がくっきりと、雲ひとつない秋の空にういていた。もう頂上は、まっ白だった。漁船が三、四そう、波の上におどっていた。ぴゅうぴゅう横なぐりの砂つぶて……。

「このごろ、なまいきだぞ。」

「大きなつらをしてやがる。」

「そうだ、ノコのくせに、でしゃばりやがって！」

ぼくは、土俵の円の中心に立って、まわりをすっかり、とりかこまれてしまった。円はだんだんと小さく、すぼまってきた。

「このやろう！」

ひと声、だれかがさけんで、ぼくの胸ぐらをとった。

ぼくははっとした。おさないころ、けんかには使うなと、いましめられてきた柔道……。しかし、もうそれを考えるゆとりはなかった。こし車をかけた。

相手は、もろに空中高くもんどりをうって、どっところげおちた。と、同時に、さっとうするけはいを、まわりに感じた。

「かあっ！」と、むちゅうでぼくは、もうひとりの、これもまた、げんこつをふりあげてきた大きな生徒の顔をめがけて、指をつきさした。

「があっ！　ううん！」うめき声！

ぼくはおどろいて手をひっこめた。指にはぬらぬらとして、なまあたたかく、べっとりと、ぐりぐりしたものが、たまごの白身のような糸の先にぶらさがった。相手は、両手で顔をおさえて、うつぶしになり、うなりだした。

ああ！　ぼくは、かっ！　となって、前後の考えもなく、ただ身を守るのにむちゅうで、かまえたのだった。そして、それが、ついに、相手の目の玉をえぐりぬくことになったのだ。

見れば、いままで、あんなにわめきあばれていたほかの連中は、ひとりのこらず、くもの子を散らすように、浜べづたいに消えてしまった。たよりにならないやつらだな、と思った。

風のひどい砂あらしにふかれて、相手は両手の指の間から、とめどもなく流れてくる血のりをぬぐうこともできず、たおれたままだった。

た。

「山本！」

ぼくは、はじめて、とんだことをしたと気がついて、だきおこし、おぶってやった。

「すまない、すまない。」

山本のほうが、そういった。

「ゆるしてくれ、ほんとに、いけなかった。」

と、病院についてからも、うわごとのように、かれはくりかえした。

「すまないのは、ぼくだよ。」

といってもだめだった。

「きみは、ちっとも悪くないんだ。悪くもなんともないのに、みんなで、いじめようとしたんだ。」

山本は目をぐるぐるまきに、包帯でまかれながらも、いいつづけた。

事情がわかったので、校長は、べつになんのこごともいわなかった。山本とは、ぼくがこの学校にいる間、ずうっと、親友のように交わりつづけた。片目ぐらいなくても、へいちゃらだといいいいしていた。

その後、三十数年たった一九四九年のことだが……。ある慈善《じぜん》音楽会の帰り、すっかり、アメリカふうにかわってしまった横浜で、おさないころ、いつも教会の帰りに母と食べにいったなつかしい思い出のYというしるこ屋で、でっぷりふとった中年の革ジャンパーを着た男に声をかけられた。

黒めがねのおっさんだった。なんだかきみが悪かった。土建屋か請負師《うけおいし》みたいな男だった。そのような種類の人に知り合いがないので、声をかけられたぼくは、まごついた。

「失礼ですが、ヒラノさんではありませんか。」

と、その黒めがねの人は、ていねいにおじぎをした。

「ええ、ヒラノですが……。あなたは？」

ぼくの返事に、相手は、ほっとしたように、そばのいすにこしをおろすと、いきなり、黒めがねをとって、にっこり大きくわらった。

「あっ！　山本だっ！」

ぼくはかあっと全身の血が、頭から胸もとにかけて、あばれまわるような気がした。相手の顔は、むじゃきなほほえみにうるおっていた。が、ぼくには、めまいがするほど大きなショックだった。その、柔和《にゅうわ》な顔には、ひとつだけ、たいせつなものがたりないのだ。

かれは、片目だ！　やっぱり片目だった！　あれから、三十いく年の年月を、この男は片目なのだ。そして、それは、ぼくがしたのだ。むかしの悪事を、まざまざと、見せつけられた！

「ヒラノさん、あのときのことは、いまでも、もうしわけないと思っています。」

山本くんは、むかしの歌のおりかえしを、またしてもくりかえした。

「ぼくは、きみから、片目にはかえられない、たっといものをあたえてもらったのだ。ありがたいと思っています。」

ぼくはめんくらった。目をつぶされて、なにがありがたいのだろう、と思った。

山本の話は、しんみりとした調子だった。そして、つぎのような内容だった。

かれは、三十数年前、ぼくに目をえぐられたそのしゅんかん、ふしぎにもすこしの怒りもうらみも感じなかったという。むしろ、自分が悪かった。あいのこよばわりをして、なんの罪もないぼくを、ぶじょくしたことを、ふかく後悔した。

　そして、一眼をなくしてからは、鏡を見るたびに、心はだんだん、広々とした。だれをでも愛する気持ちにみたされていた。この気持ちは、かれの一生を通じて、たいへんに貴重な心のかてとなり、それからは、人がらもかわり、おとなになってからは、世の中から尊敬されるようになり、仕事もとんとんびょうしにうまくいき、いまでは、なに不自由ない身のうえで、小さいけれど、よくはやる会社の社長になっている。

　もし、あのまま、両眼が無事だったら、自分は、しょうがい、どんないじわるな、にくまれ者として、みじめなくらしにおちていたかもしれない。それに、第一次、第二次大戦のいずれにも、片目がないので兵隊にとられず、無事に生き長らえることができ、銃後のご奉公《ほうこう》と、平和のための運動をつづけられたのも、みんな、きみのおかげだといわなければならない……。

「きみは、いろいろな点で、ぼくの恩人です。」

と、山本は、片目になみだを光らせながらいった。

　ぼくは、くすぐったい気持ちで、ふんふんときいていた。

　ふたりは、またゆっくりあいましょうと、桜木町駅で別れた。

「混血児」というものが、このように、ひとの心に、いきいきとして生きつづけていけることを思うと、ぼくは、けっして孤独ではないぞ、と、しみじみ、心あたためられる思いがした。

横を向く女の子

あいのこの悲しみは、けっして、友だちの目の玉をひっこぬくようなレジスタンスばかりを生んだわけではない。

逗子の中学にいたころのある日、横浜の母が、おことのお友だちをたくさんつれて、ぼくのいる別荘にやってきた。母は、お友だちばかりではなく、おことをたくさん運ばせた。さびしい葉山の家が、きゅうに、はなやかな色にそまった。みんな、きれいなおばさんばかりで、むせるようなにおいにみたされた。

「ひと晩どまりで、みなさんに、きていただいたのですよ。」

と、母は、にこにことといった。

「ちょうどいい季節だから、海べを歩いていただいたり、おことのおさらいをしていただいたりね……。」

母は、山田流というおことの先生もしていた。父がいないさびしさから、しょっちゅう、おでしさんを集めて、なにやかやと、楽しそうな芸ごとをしていた。庭のまん中に、かりの舞台を作ったりしては、三曲合奏だの、香合《こうあ》わせだのをした。

おことのおでしさんのなかに、みち子さんという、ひとりの、とても美しい少女がいた。ぼくは、まえから、このみち子さんがだいすきだった。まる顔の、とってもかわいい子だった。が、どことなく、さびしいかげがただよっていた。おさらいのときでも、おけいこのときでも、ひととお話をしているときでも、道を歩いているときでも、けっして、まっ正面にならない。しじゅう、横向きか、うつむくかしていた。正面を見られまいとする、とても細心の用心が感じられた。

「あ、ぼくみたいだな。」と、ぼくは、いつもそう思った。横顔を写真にとられたり、人の横にすわったりすることが、おそろしかったからだ。

「やっぱり、あいのこだよ。鼻が高いじゃないか。」

といわれるからだった。

ぼくは、そんなことから、この、ぼくとにたようなくせをもつみち子さんのことが、いつも、目にうかんでくるのだった。やっぱり、みち子さんも、前を向くのがおそろしいのだ。その点だけは、ほんとに、ぼくとそっくりだ。

そして、それには、ぼくよりも、よっぽど、気のどくなわけがあったのだ。あんなに美しい顔なのに、そして、あんなにゆめみるような目なのに、一つしかないのだ。一方の目は、けっして、ゆめみていないのだ。それは、まだおさないころ、病気で左の目を失ってしまい、義眼《ぎがん》（入れ目）をしているからだ。

しかし、義眼でも美しかった。ぱっちりとしていた。けれども、だんだん、年ごろになるにしたがって、はずかしい、人まえに出られない気持ちが加わってきた。だから、ほとんど無意識的に、ちゃんと、人の左側にすわる。けっして、右側にはすわらないようになった。左の目を見られないようにと、たえず気をつかっていた。そうしたひけめに、ぼくは、彼女と共通なものを感じたのだ。

たまの休みに横浜の家に帰ると、いつも、ぼくは、みち子さんと、とりとめもないことをしゃべるのが楽しみだった。おことの糸の上をおよぐ、まっ白な指を見つめているのが楽しみだった。そして、こころもち、顔をそむけるようにしてうつむくとき、ちらっと見える、長いまつげの下の目が、いとしかった。

ふたりは、こうして、みょうなところがひとつにむすばれ、すっかり、なかよしになっていた。ことに、彼女は、ぼくのおいたちに、あたたかい同情をしめしてくれて、いつも、はげましてくれた。

ふたりは、いっしょに、よく歩いた。おたがいに横顔だけはわすれずに、かばいあいながら歩いた。だから、ぼくは、母のおことのお友だちの中に、みち子さんのすがたを見いだして、はっとした。胸がはずんだ。

「あ、みち子さんもきている！」

ひなげしの花のように、つつましく、みんなのうしろにひかえている彼女のすがたに、ぼくは、とびあがるほどうれしかった。

もちろん、ふたりはぬけだして、あかね色にくれていく富士山を見ながら、浜べを歩いた。森戸神社のまつ林を歩いた。浅間山《せんげんやま》のてっぺんまでも登った。木立のふかい山林の中で、いつまでも、ゆめみるように語りつづけた。が、さびしかった。ふたりは、いつまでも、いいお友だちであるようにと約束をした。

みち子さんは、その後、士官学校を出たわかい少尉の妻になった。彼女は、およめにいく日まで、手紙をくれた。

ぼくは、力のない中学生だった。おまけに、白い目で見られている生まれだ。

こうして、葉山の浜べの砂にのこした足あとは消えてしまった。片目の美しいひとも、いっしょにぼくのまえから消えてしまった。そして、年月は流れた。

太平洋戦争を中にはさんで、彼女の夫は生きながらえているだろうか。それから、彼女は？　彼女の目は？……永久に幸福から顔をそむけて、片ほおだけを、明るい日に向けていたみち子さん……。

文学少年行

　小学校や、中学校で、ずうっと、卒業するまで、あまり目だたないでしまった生徒……。ああ、そんな子がいたかな？　と、やっと思い出せるくらい、だれにもわすれられている生徒が、いるものだ。

「あのひとだったのか……。」と、あとで社会的に有名になったひとの経歴を見て、同級生だったことがわかり、やっきになって思い出そうとしても、はっきり目のまえにうかんでこない。——そういうようなことが、よくあるものだ。同じ町や市に住みながら、しかも、しょっちゅう顔をあわし、すれちがいながら、ついに気がつかないでしまうようなこともある。

　加藤も、そうした、あまり目だたぬ生徒のひとりだった。

　ぼくが、応援歌を作ったり、ランニングをしたり、けんかをしたりして、かなり目だつ存在になったのとはあべこべに、加藤は、ぜんぜん、だれとも口をきかず、ひとりぼっちで、みんなから、相手にもされずにいた。

ぼくたちが、さわいでいるときでも、かれは、教室の中で本を読んでいた。運動場でも、ひとりで本を読んでいた。加藤だけは、優等生のなかまにも、いたずら者のなかまにもはいらなかった。

ところが、ある日のことだった。ぼくは、授業時間をサボって、浜の砂丘にねころんで、ぼんやりと、雲の流れを見ていた。すると、

「ヒラノくん。」

とよぶ声がする。同じ砂丘の小まつの根っこにもたれて、こっちを見ている白い顔があった。加藤だった。

かれは、まじめな、くそ勉強家だとばっかり思っていたのに、こうして、ぼくみたいに、授業をサボっているところをみると、まんざら話せないやつでもないぞ、と、ぼくは、このとき、なんともいえぬ親しみを感じたのだった。

「きみもサボってるのか。」

うれしくなって、ぼくがきく。

「うん。つまらない講義をきいてるより、海風にふかれながら、本を読んでるほうが、ためになるよ。」

「本って、きみ、しょっちゅうなにか読んでるね。どんな本を読んでるの？」

「きみたちみたいな運動家にはつまらない本さ。教師に見つかったら、とりあげられてしまうだろう。」

こうして、ぼくは、ごくしぜんに、加藤と口をきくようになった。

「そうだったのか。……じゃ、きみ、モーパッサンの小説なんか、フランス語の原書で読めるのか？」

加藤は、びっくりしたようすできいた。

「字引きをひきひきだがね。」

「うらやましいなあ。きみがフランス文学をやるなんて、ゆめにも思わなかったよ。らんぼうな男だとばかり思ってた。だから、きょうまで敬遠してたのさ。」

こうして、フランス文学は、加藤とぼくの間の橋わたしとなり、ふたりは、急速度に親密になっていった。

あるとき、かれはいった。

「読んでばかりいないで、たまには、翻訳しないか？　モーパッサンの短編小説はいいからね。チェーホフの短編と同じくらい有名だもの。ぜひ訳して読ませてくれよ。」

つきあえばつきあうほど、かれのよさが光ってくる。すこし暗いところがあるけれど、頭のいい男で、とてもいろんな本を広く読んでいて、するどい批評などをする。

「ぼくはね、岐阜の山の中で生まれたんだ。そして、名古屋の中学にいたんだけれど、文学を勉強するのに、すこしでも東京の近いところに住みたいと思ってね。……それに、あまり、からだがじょうぶじゃないものだから、この、空気のいい海べの学校にきたのさ。まだ、きてから一年にしかならないんだよ。」

ふたりは、さかんに、北原白秋《きたはらはくしゅう》や蒲原有明《かんばらありあけ》の詩を読みあったり、堀口大学《ほりぐちだいがく》の訳詩に感激したりした。ドストエフスキーやアルツィバーシェフというような、ロシアの文豪の名を教えてくれたのも加藤だった。かれは、畑の中の一けん家をかりて自炊していた。かれの小さなへやには、天じょうにつかえるほど、文学書がならんでいた。

こうして、ぼくは、東京の学校でも得られなかった、思いがけないしげきをあたえられたのだ。ひと知れず、そうっとだいてきた、フランス語という忠実な番犬に、いまさらのようにお礼をいった。

「フランス語よ！　さあ、これから、うんと、あばれてくれ！」

ともいった。

加藤は、ぼくが、フランス語だけは手ばなさず、いっしょうけんめい守ってきたことを、ことばのかぎり、ほめてくれた。ぼくは、ほんとに、その日その日が、充実していくのを感じた。生きがいがわいてきたのだ。そして、まるで気がくるったように、辞書にかじりつき、新刊書を読みあさった。

負けるものか！　フランス語の知識だけは、あの学校をちゃんと卒業したやつよりも、ずっとふかく身につけてやるぞ！　負けるものか！

もうれつな自負心だった。もし、なんの故障もなく、やすやすとあのぼうず学校を卒業していたら、フランス語について、いまの半分の情熱ももえなかっただろう。よし、やってやるぞ！　同級生だったやつらに負けるものか！

そうして、ぼくは、この、へんぴないなかの学校と、まっ黒ないなか生徒にかこまれながら、十九世紀のめぼしいフランス文学者の作品を、暗記するほどむさぼり読んだ。

「読んでばかりいないで訳せよ。」

と、加藤は、いくたびも、くりかえしてすすめた。

「そうして、どうだい、ふたりで同人雑誌を出さないか。ぼくが編集をするよ。きみはモーパッサンの短編ばかり、どんどん訳してくれよ。」

ついに、ふたりは、うすっぺらだけれども、とにかく、活字印刷の同人雑誌を出す計画にとりかかった。

ところが幸運なことに、ぼくの住んでいた葉山の家の近くに、近藤くんという文学ずきの少年が住んでいた。からだが悪くて、東京の学校を休んで、静養にきていた。しかも、ぐうぜんにも、近藤くんは加藤と同じ岐阜県のひとだった。重輔《しげすけ》くんといって、年のわりにおちついた、わらうたびにみそっ歯が見えて、あいきょうのある少年だった。近藤くんは、ロシアの舞台装置家で有名なレオン＝バクストの研究をしていた。中学五年とは思えない勉強家だった。

　それから、もうひとり、横浜で、「ちどり」という短歌の会を組織して、「ちどり」という短歌雑誌を出していた、清水長一《しみずちよういち》という少年が、ぼくたちの友だちになった。そのころ、清水くんは、慶応の商科にかよっていた。

　この四人で同人雑誌を出そうという話がきまり、フランス文学に縁のある、フランス語の「エトワル」(星)という名をつけた。

　ぼくは、モーパッサンの「野蛮《やばん》な母」という、普仏《ふふつ》戦争時代のエピソード(挿《そう》話《わ》)をテーマにした短編小説を訳して発表した。

「エトワル」は、二号でつぶれてしまった。四人が四人とも、おこづかいの中から出しあうのだから、苦しかった。

　この三人の友だちのうち、近藤くんだけが死んでしまった。このひとの弟さんが東《あずま》くんといって、日本でもいま、有名な詩人になっている。

　清水は、いま東宝の名わき役として、活躍している清水一郎である。

　それから加藤は、文学青年だったころとはすっかりかわって、いまでは社会党に重きをなしている政治家の加藤鐐造《りようぞう》である。ぼくの一生を、フランス文学にしばりつけたのは加藤である。

ちょうど、そのころ、米騒動が日本全土にひろがった。革命さわぎだった。米のねだんが一升《しょう》（約一・八リットル）五十銭にもなったので、国民がおこったのだ。そして、人々が、よくばり米屋をかたっぱしからしゅうげきして、警察も手がつけられないほどだった。ぼくたちが「エトワル」の第二号を編集するため、集まっていたときに、このおそろしい暴動の号外を見たのだった。そして、なにかじっとしていられない正義感のようなものが、わかい四人の血をたぎらせたものだ。のんきな生活の中学生が、「社会」について、おぼろげながら、なにか考えたのは、そのときがはじめてであった。

父帰る──前夜のこと

ある日、加藤が、

「女優の松井須磨子《まついすまこ》が、東京の歌舞伎座で、ハウプトマンの『沈鐘《ちんしよう》』という劇をするんだよ。いってみないか？　芸術座の公演なんだ。きっと、ためになると思うんだけど……。」

とすすめた。

毎月かぎられたおこづかいなので、ふたりとも、かなり、むりをしなければ、東京まで、歌舞伎座を楽しみになんかいけるものではなかった。そこで、ぼくは、うまい方法を考えた。

「いい手があるんだ。安心してぼくのするとおり、まねをすればいい。」

しかし、加藤は、のみこめないような顔をした。

「いいから、ぼくにまかせておけよ。」

「うん。」

と、かれは、それでも、わりきれない表情でうなずいた。

そのころ、鉄道のひとたちは、いまほどうるさくなかった。改札口でも、いまのように、いちいち定期を見せなくてもよかった。ちょいと片手で失敬《しっけい》という手つきをすれば、大手をふって出られた。ぼくは、まえから、そのまねを一度やってみたいと思っていた。「やあ、失敬。」といって、改札口を通っていくひとが、なんだか、とてもえらいような気がして、うらやましかった。

そこで、さっそく用いてみたのだ。逗子から鎌倉までのきっぷを五銭で買って、大船で乗りかえた。まだ、電車のないころだから、東海道上りの列車を待った。そして、かまわず、乗りこんだ。

東京駅につく。そのころは、まだ、中央ステーションといっていた。

ぼくは、さっさと、改札口を、「やあ、失敬。」とばかり、通りすぎたとたんに、

「あっ！　もしもし！　きっぷは？」

とよびとめられた。

「定期です。」

と、そくざに、ぼくは答えた。

「どこから？」

「横浜から。」

「この汽車できたんですね。」

「ええ、そうです。」

「この汽車は急行ですよ。定期券はつかえません。」

「うっかりしていました。」

「では、とにかく、定期券を拝見しましょう。」

ぼくは、しまった！　万事休す！　と、がくがくしてきた。加藤も、まっさおになってふるえだした。

けっきょく、詰《つ》め所にひっぱられ、五、六人の鉄道役人にとりかこまれた。

「ふてえやつらだ。」

「だいそれたまねをしやがって！」

「急行に乗りこんで定期でございとは、心臓だな。」

「しかも、無賃乗車じゃないか。」

「いなかの学生のくせに、なめたまねをしやがる。こんなやつは、二度とできないように、うんとこらしめてやらなきゃ目がさめないぞ！」

さんざんしぼられたすえ、住所・姓名・学校名、それから、親の名まできかれた。

ぼくは、もう、これで一生がだめになってしまった、と思った。

「これから警察へつれていって、くさいめしを食わせてやる。学校へも知らせて、退校させてやる。」

耳もとで、役人のひとりが、にくにくしい口ぶりで宣告した。このとき、ぼくは、すっかり目の前が暗くなって、脳貧血らしく、もうすこしで、たおれそうになり、ふらふらっと、かたわらのつくえにしがみついた。

と、そのときだ！　一まいの新聞がひろげてあり、そのまん中に大きな見出しで、

「親日家H氏九年ぶりの来日。」

そして、モーニングすがたの父の写真が、でかでかと、まん中にすわっていた。

「あ！　おとうさんが、帰ってくるんだ！」

とっさに、ぼくの胸はいっぱいになった。母やぼくには、「近日のうちにサンフ

ランシスコをたつ。」という、かんたんな知らせがあったので、やがてはくると思っていたが、まさか、こんなに、きゅうに、きょうあすのうちに日本につくとは、ゆめにも思っていなかった。むこうの新聞社から、日本の新聞社に電報で知らせがあったにちがいない。葉山のぼくのところへは、横浜の家から、まだくわしい知らせがきていなかったので、この新聞の記事は、寝耳に水だった。

さあ、たいへんだ！　おとうさんが帰ってくる。こんな、すてきな日を目の前にひかえて、無銭乗車をしたことが新聞にでも出されたり、警察につれていかれたりしたら、どうしよう！

もう、どんなにあやまってもいい、どんなにしかられてもいい。ゆるしてもらうだけしかない……。そこで、ぼくは手を合わせ、石だたみにひざをつき、なみだで、ほっぺたをくちゃくちゃにしながら、神さまにおいのりするみたいに、ひっしになってあやまった。二度とこんなことといたしませんから、ゆるしてくださいと、くりかえした。加藤も、おろおろと、ぺこぺこと、やっていた。

一時間あまり、根こそぎ油をしぼられたすえ、心もからだもめちゃめちゃに、ぼろぼろにされ、やっとのことで、始末書のようなものをかくだけで、このたびは、とくべつにゆるしてやる、ということになって、帰ることをゆるされた。

ふたりは、へとへとにつかれてしまった。もう、芸術座も、松井須磨子も、なにもかもが、遠いむかしのゆめのように思われ、駅前の広場へ、ふらふらと出てきた。

「せっかく、こんなひどいぎせいをはらったんだから、このまま帰っちゃつまらない。ね、いこうよ。見てこようよ。」

加藤は、歌舞伎座をあきらめなかった。

その夜、ふたりは、すっかり芸術のふんいきにこうふんして、いい気持ちで銀座を歩いた。銀座には、夜店がならんでいた。

逗子――葉山――道は遠い。横浜へいこう、母の家へ……。そして、ふたりは、野毛坂をあがって、老松町の家にきた。

母は、ぼくに、葉山からすぐ帰ってくるように、との使いを出したところだといった。

「あさってですよ。おとうさまがお帰りになるのですよ。うちでは、てんてこまいなのよ。うれしいでしょう、おとうさんですよ。」

母は小娘のようにはしゃいでいた。

なるほど、家の中も、たいへんだった。出入りの棟梁《とうりよう》だの、植木屋のおじさんだの、たたみ屋だの、手つだいのひとたちが、いそがしそうに動きまわっていた。門やげんかんが、見ちがえるほどきれいになり、すすはらいと、大そうじと、建て前が、一度にきたようなさわぎだった。

だが、ぼくの心は暗くなるばかりだった。またしても混血児だ！

こんどは、それがいっそうはっきりと証拠だてられ、ごまかしようのないはめになったのだ。たしかに、ほんとうに、あいのことして、だれからも、正面から、顔を見られるのだ！

長年の間いためつけられてきた心は、「父の帰国」という、ふってわいたような事件にぶつかって、とたんに、えらい勢いで、はんぱつしはじめたのだ。

たしかに父はやさしいひとだ。父自身には、なんの罪もない。できるなら、「おとうさん、お帰りなさい！」と両手をひろげて、だきついていきたいのだ。が、だめなんだ。

おとうさんは、異人さんなのだ、ぼくは異人なんか、大きらいだ。父が外国人だということ、それだけが、ぼくの心を暗くするのだ。こわい！　あうのがこわい。だれも見ていないところでならば、あいたいんだ。だが、他人に、ちょっとでも見られたくないんだ。

ああ、せっかく、愛する者たちのところへ、はるばる、九年ぶりで帰ってくる父をむかえるというのに、あいたくないなんていう。――これが、子どものことばなのか！　こないほうがいいなんて！

ぼくは、はずかしいのだ、またもや、世間の人が目を光らせて見るんだもの……。こわい――どうしよう。

家じゅうが、クリスマスイブみたいに明るくわきたっているのに、ぼくは、もうたまらないいらだたしさと、もだえに、ますます、いても立ってもいられなくなってきた。

加藤がおふろにはいっている間に、ぼくは、戸外の暗やみめがけて、ダイビングするような勢いで、まっしぐらにとびだした。ぐんぐん走りつづけ、坂をおりていった。のどから、泣き声が、しぼりだすように、ぐっぐっと、こみあげてくるのが、自分にもよくわかった。泣いていたのだ。

一気に坂をおりると、こんどは野毛のお不動さまの、せまい坂道へと曲がってい
った。お不動さまの前を矢のようにつっ走ると、いつのまにか、伊勢山の大神宮の
森にきていた。深夜の港の灯《ひ》がちかちかと明滅していた。ただもうやたらに、木立
の間を歩きまわった。
いつのまにか、大声で泣いていた。やがて、ベンチにたおれて、ねむってしまっ
たらしい……。かたをゆすぶられて目をさますと、青ざめた加藤の顔があった。無
口な加藤は、
「みんなが心配して、ほうぼうさがしてるよ。早く帰ろう。」
といった。
その夜のことを、ぼくは、一生、わすれることができない。ぼくは、いきなり、
加藤のかたをつかんでいった。
「加藤、ぼくは、きみにだけは、なにもかくさず、ほんとうのぼくを、見てもらい
たかったのに……。とうとう、その勇気がなくて、きょうになってしまった。……
もう、かくしきれなくなった。かくさなくてもいいことだったのに……。きみにだ
けは、かくしてはいけなかったのだ。だって、ぼくにはきみしか友だちがいないん

だもの……。その、たったひとりの友だちをだましつづけてきた。きみは、ぼくを、もう、かまわなくなるだろう。けがれたやつだと、つきあわなくなるだろう。しかたがない。あまんじて、きみのするとおりしてもらおう。……けれども、ただ、すまない気持ちでいっぱいなんだ。ぼくは、やっぱり、みんながいっているように、混血児なんだ。ぼくは、きみに、父はぼくのおさないころ死んだといったが、うそだったんだ。……父はアメリカ人で、生きていて、あさって帰ってくるんだ。もう、かくせない。きみは、ぼくをばかにするだろうね。いいよ、ばかにしても。ただ、きみだけは、ぼくからはなれてしまわないように、いままで、じゅんすいの日本人をよそおってきたんだ。ごめんね、だましてきたの、ごめんね。」

島崎藤村《しまざきとうそん》の「破戒《はかい》」と同じような、ふくざつな、はずかしい、ひとでなしみたいな劣等感で、ぼくは、加藤のかたにつかまったまま、おいおい泣きだした。

加藤も泣いた。泣きながら、ぼそぼそといった。なみだのむこうから、目の下の港の灯がいっそうはっきりとういて見えた。夜空いっぱいの星が、森の古いすぎのこずえに、火花をちらしているようだった。

「そんなこと、なんでもないじゃないか。ぼくは、きみがうらやましいよ。すぐれた国の、すぐれた人の血をうけて生まれたきみを、ぼくは、ほんとうにうらやましく思っているんだよ。あいのこなんて、下等なやつが、やきもち半分にいうことばじゃないか。きみはいばって、どうどうと、すぐれた血すじをほこればいいんだよ。新鮮な民族の血をほこるんだよ。ぼくは、かえって、日本人だということのほうが、はずかしいくらいだ。ああ、よかった。よかった。きみは、すてきなおとうさんをもっているんだもの……。バンザイ！　と、さけびたいくらいだ。さあ帰ろう。さあ、ぼくは、あすも、あさっても、いばって学校をサボるよ。そして、きみのおとうさんを、はと場へおむかえにいくよ。ね、いっしょにいくよ……。」

三十年の月日をへだてた、むかしのことだが、はっきりと、このときの加藤の顔がよみがえってくる。

シューベルトがよんでいる

父が帰ってくると、まもなく、一家をあげて、東京にうつった。横浜の家には、祖母とおじたちが、るす番がわりに住むことになった。

ひっこした東京の家というのは、渋谷《しぶや》の小高い丘の上で、おとなりには、京極《きょうごく》さんという謡《うたい》の先生が住み、朝から、のんびりとした謡とつづみの音がきこえてきた。

ちょうど、そのころ、ロシア（ソ連）では、古い帝政《ていせい》がつぶされ、共産党が勝利をしめ、すべてに、新しいやりかたが、とりいれられたときだった。

さて、逗子の中学をやめて、東京へきたとたん、またしても、中学校の亡者《もうじゃ》――「まよえるひつじ」になってしまった。中学五年の中途で東京の学校にうつるなんて、なまやさしいことではない。

ものごころついてはじめて、ぼくが、ひとりの人間としてむかえた父は、じつに、りっぱだった。むすこのことをイマオさんとよび、アナタともいった。毎日、いれかわりたちかわり、日本画の先生や書道の先生がやってきた。父は、あいかわらず、勉強ずきだった。毎日のように、新聞社のひとが、いれかわりたちかわり、写真をとったり、訪問記事の資料をとりにきた。

「わたしは、このとおり、わかわかしい。どんなにわかい日本のひとより元気なのに、新聞はH翁《おう》などとかく。わたしは、じじではない。日本では五十をすぎると、老とか翁とかいう悪いくせがある。早く、としをとって、すぐおじいさんになる国だということを、告白しているようなものだ。」

と、よく父はつぶやいていた。父は、それほど元気だった。

東京へうつったばかりなので、ぼくは、まだ転校すべき中学校のあてがなく、まったくの風来坊だった。

学生帽をかぶっても、自分の学校がないのだから、どの記章をつけたらいいのか、まことに、かっこうが悪くてしようがなかった。逗子の中学から、このようにして、父の帰国とともに、東京にうつり、またぞろ、同じ中学の中途で、宿なしいぬみたいな思いをしなければならないなんて、よくよく、宿命的な中学五年だった。

父は、

「たとえ学校が見つからなくても、勉強だけはつづけなさい。」

といって、毎朝、どんなにねぼうのぼくにも、どうしても起きなければならないような手を用いた。

それは、バイオリンだった。まだ、外はうす暗い明けがたから、さえざえとした、ストラディバリオ（バイオリンの名器の名）が、ロシアふうのスラブ曲をうたい、ベートーベンのクロイツェル＝ソナタをかなで、心重たいシューマンのさすらいをうたった。

遠くはなれた父のへやから、はじめは、かすかに流れてきた。ぼくは、「おいでなすったな！」と、ふとんをかぶって、たぬきねいりをする。

「イマオさん！　シューベルトがよんでいる！」

父は弓を持ちかえたらしい。だんだんと、心に食い入るようなセレナーデのメロディーが近よってくる。

シューベルトが、起こしにきたぞ！

あの、くびれた二重あごで、がっちりと、品のよい愛器をおさえて、父は、一歩一歩、やさしいしろくまのように近づいてくる。

とうとう、こんどは、アンブロワーズ＝トマです!

「さあ、「きみよ知るや南の国」の、やわらかい、あまい、節《ふし》まわしにさそわれて、ぼくは、ねむい目をこすりこすり、しぶしぶと、起きだすのだった。

父は、ぼくが大学へはいってからも、この音楽目ざまし時計は、やめなかった。やがて、ショパンの雄壮な軍隊ポロネーズにかわった。これが、なまけもののぼくを、ねどこからひきずりだすのに、いちばんききめがあった。ああ、父は、このようにして、ぼくの耳に、夜あけの名曲をたたきこんでくれたのだ。

起きるとまず、「おはよう。」ということばを、いくとおりにも、英語・フランス語・ドイツ語・ラテン語・ギリシア語で、となえさせた。

だからぼくは、のちに、いろいろな本を翻訳する仕事のとき、ギリシア語やオランダ語などがでてきても、たいてい、なんとか、うまく訳せるようになった。父の教えは、ほんとにとうといと思う。

さらに、父は、ものすごい熱のいれかたで、自分の七十年のしょうがいに得たいろいろな学問のうちから、ぼくにもっとも必要だと思うあらゆることを教えこもうと、やっきになった。

「わたしはもう七十をこえている。あと、いつまでも生きてはいないだろう。せめて、わたしがじょうぶなうち、わたしの中から、できるだけ、たくさん、いろいろなものをすいとらねばならぬ。わたしは、よろこんで、いつでも教えてあげる。知識のためには、うんと、よくばらなければいけない。」

といいいいしていた。

父が、ぼくと弟に、すこしでもよけいに、いろいろなことを教えこもうとする努力は、なんとなく、悲壮な感じがした。「父の愛」というものが、五十をこえた今日、どんなにふかく理解のあるものだったか、ほんとによくわかるような気がする。中国のことわざに、「風しずまらんとすれば……」というのがあり、日本のことわざに、「孝行をしたいじぶんに親はなし」というのがあるが、ほんとに、そのとおりだと思う。

父は、音楽の世界でも、子どもたちを教養あるものにしようと、やっきになった。遊びたいさかりの弟も、バイオリンの持ちかたから、譜の読みかた、ハーモニーの法則までしこまれた。べそをかきながら、キューキューと弓をこすっている弟のすがたが、いまでも目のまえにはっきりのこっている。

こうして父は、すこしでもひまがあると、ふたりの男の子のポケットに、教養と文化のかけらをひろってつめこんでくれた。

くりくりぼうずになった話

ある日、父は、一通の手紙を持って、にこにこと、ぼくの勉強室へはいってきた。「イマオ！　きょうは日本の詩人がくる。あなたは、詩をかいているが、見てもらったらどうか？」という。

作文がすきだったぼくは、そのころ、へたくそだけれど、詩のようなものを、さかんにかいていた。そして、ぼくは、萩原朔太郎《はぎわらさくたろう》という詩人がだいすきで、その美しい「月に吠《ほ》える」という詩集を聖書のようにたいせつにして、毎日読んでいた。そのほか、北原白秋だの、木下杢太郎《きのしたもくたろう》だの、上田敏《うえだびん》がだいすきだった。ことに萩原氏は、ぼくの詩をとてもほめてくれた。手紙をくれて、ぼくの詩のひとつひとつを、ていねいに批評してくれた。

父が、日本の詩人がくる、というので、ぼくは、びっくりした。だれだろう？

なんという詩人がくるのだろう？……

「その詩人、だれなのですか？」

ときくと、父は、

「長い間アメリカにいた日本の詩人で、英語の詩がじょうずで、たいへん、有名なひとだ。わたしの友だちに、ヨアキム＝ミラーというおもしろい詩人がいてね。この日本の詩人を、ミラーに紹介してやったところ、ふたりはたいへん、なかよくなって……。」

父は、持っていた封筒をあけてみせた。

「ヨネ＝ノグチ……知っていますか？　このひとです。」

「知っていますとも、名前だけは。」

「それはよかった。ヨネ＝ノグチは、わたしのアメリカの家にずっときていて、わたしの日本画や、江戸錦絵《にしきえ》の整理をしてくれた。」

その日、目のするどい、小がらで、半分頭のはげた、みるからに放浪詩人らしい野口米次郎《のぐちよねじろう》氏と、ばんさんのテーブルをかこんだ。

ヨネ＝ノグチ氏は、ぼくが詩をかいているときいて、にこにこしながらいった。

「日本では、文学者の生活は、とても苦しい。ことに、詩人はもっと苦しい。詩人で、詩だけで生活できるひとは、ひとりもいません。」

ぼくは、なにも、詩をかいて生活しようなんて思っていなかった。けれども、いやしくも、詩人として名をなしているこのひとが、わかい中学生に、詩を大いにかきなさいとはげますかわりに、そんなけちをつけるなんて、いやなやつだな、と思った。

父は、ヨネ＝ノグチのことばに、明るい表情で、うなずきながら、

「イマオ！　ヨネ＝ノグチさんは、世界的な詩人です。このかたの意見は、いちばん、あてになります。詩人は詩で生きるが、詩で食べるのではない。詩だけは売らないで、たもっておく。そうでしょう？　フランスは、詩人をよく理解する国です。が、ベルレーヌもボードレールも、みんな、みんな、苦しい生活をした。りっぱな詩をのこす、ということと、生活を豊かにする、ということは、別のことです。」

といった。

この日、ヨネ＝ノグチ氏は、ぼくに、英文の詩集を一さつくれた。そして、

「おたくの近くに、ひとりの詩人がいます。ちょうど、こんど新たに詩の雑誌を出

したばかりだ。ご紹介しましょう。しんせつで、とてもいいひとだ。」といって、さらさらと、ノートのきれはしに字をかいた。正富汪洋《まさとみおうよう》という詩人だった。

正富さんの家は、うちのすぐ近くだった。さっそく、ノグチ氏の紹介状を持って、おたずねした。

それは「新進詩人」という雑誌だった。ぼくが、

「中学の五年なんですけれど、東京にきてから、どこの学校にもはいれないで、こまっているのです。」

というと、

「……ああ、中学校の五年ですね。よろしい、それなら、わたしの学校へいらっしゃい。」

正富先生は、代々木にある中学校の国語の先生だった。とんとんびょうしに手つづきもすみ、ぼくは思いがけなくも、ヨネ＝ノグチ――詩――正富さんという順序で、その中学校にはいることができた。ああ、これで、ぼくは、五年生を、三つの学校でくりかえすことになったのだ。

この学校では、一度停学をくっただけで、わりあいにぶじだった。けれども、けっして、しずかではなかった。

Yという、きらわれものの教頭が、さいしょからぼくを、へんな目でにらんでいた。異人種あつかいされることには、もう、なれているので、おさないころのように、びくびくしなくなっていた。

ある日のこと、それは、朝礼がすんで、生徒一同、列をつくって教室にはいろうとするときだった。いきなり、

「たとえ、外人の子だって、ゆるさんぞ！」

と、ひくいひびきのこもった声で、とつぜん、うしろから、えりくびをつかまれた。

Yだった。かとんぼみたいに、やせたちょびひげの教頭だった。ぐんぐん、教員室へひきずっていく。教頭は、重大犯人をつかまえた刑事のようにこうふんし、いたけだかになっていた。

「なんのために、毛をのばしているんだ？」

おでこにたれたぼくの髪の毛をつかんで、ひっぱりながらどなった。

「たとえ、親が外国人でも、ここは日本だ。日本の学校だぞ。中学生のくせに、髪

をのばすとはなにごとだ！」

あすはみじかくかってくると約束して、これはすんだ。

「もうひとつある。こんどの件は、もっとたちが悪い。」

ますます怒声がはげしくなった。授業のベルが鳴り、いままで、おもしろそうに、こっちをながめていた先生たちは、チョークの小箱をかかえて、ぞろぞろと出ていった。

教師たちがすっかり出ていったあと、まるで、しゅうとじじいのように、いちいち、いすの曲がったのをなおしたり、飲みのこした茶わんをかたづけたり、しなくてもいいような、こまかしいことをしながら、教頭はぶつぶつ口の中で、

「ほんとに、とんでもない生徒だ。」とつぶやいていた。

それから、いきなり、ちょこちょこっと小走りにもどってきて、ぼくのまえに立ちはだかり、

「おまえがおんどをとっているそうだな。」

とどなった。なんのことやら、ぼくには、さっぱり、わからなかった。

「なんのことですか。」

ときくと、

「しらばくれるな!」

と、思いきり平手打ちで、ほっぺたをひっぱたいた。

それは、こういう事件だった。

ぼくたちは、この教頭Y先生が受け持っている、修身の時間が、死ぬほどたいくつで、たまらなかった。この、のろわれた一時間が、百年よりも長いような気がした。級長の佐々木というのが、ある日、

「どうだい、Yの時間だけ、うまくずらかって、いいところへいかないか? おたがいにあの一時間は寿命がちぢまるぜ、このままでは。」

とさそうのであった。級長ですら、このようなことをいいだすのだから、よくよくYの授業はつらかったのだ。

そこで、ふたりは、学校のとなりのお湯屋に出かけていって、昼湯にとびこんだ。そのころは朝湯があり、一日じゅう、湯ぶねは、まんまんと湯をたたえ、あまい湯げのかおりが楽しかった。

「いいなあ……。いまごろは、みんながYのねごとをきいているんだぜ。かわいそ

うだな。」

ふたりは、ほてったからだで、流しにねころびながら、いつまでもしゃべってい
た。

これがだんだんと流行していき、みんなが、登校にはシャボンと手ぬぐいを、わすれずに持ってくるようになった。宿題はわすれても、手ぬぐいだけはわすれなかった。したがって、Yの時間、クラスの大半が消えてしまった。生徒たちは一団となって、どやどやっと、温泉客気どりで、湯ぶねにとびこんだ。

そうして、たっぷり一時間、生徒はあおがえるのようにもぐったり、お湯のひっかけっこをしたり、とびこんだり、きゃっきゃっさけびながら、あらい板にせっけんをぬりつけたのに、しりをのせ、スケートだ、スケートだと大よろこびですべって、遊びほうけるのだった。なんのことはない、教室がふろ場にかわったようなものだ。

Y教頭は、ついに感づいた。どうも、自分の授業には生徒の数がすくなすぎる、こんなはずはない。たしかに、こんなはずはない、と、念のために出席簿を見る。欠席者はいない。してみると、この、自分の時間だけ、みんなどこかへずらかって

いるのだ。裏山の落葉樹の林の中かな。それとも、代々幡《よよはた》から代田《だいた》のほうまで、どこまでもつづいている武蔵野のあたりかな。——小使いたちを総動員して、生徒のかくれ場所をさがさせた。が、見えない。どこへいったのか、てんで手がかりがない。

しかも、Yの時間がすむと、どこからとなく、ちゃんと集まってくる。つやつやとした、血色のいい顔で、ちゃんとつぎの授業を受けにくる。

Yはかんかんになっておこった。が、どうにも手がつけられない。いったい、どこにかくれてしまうのだろう。級長の佐々木からしてその一味なのだから、よびつけてきいても、にやにやしているだけで、いっこう要領をえない。

ところが、生徒の多くがふろ銭をごまかしたのが、見つかってしまったのだ。お湯屋さんも、はじめのうちは、どうせ昼間はお客はあまりないので、がらあき同様にひまなのだし、こうして、おとなりの学校の生徒さんが、いっぺんに十人も二十人もきてくれるので、たいへんな収入になることだから、ひとりやふたりのはいりにげぐらい……と、大目に見ていた。ところが、ただほど安いものはないとばかり、だんだんと目に見えて、金をはらわないでいく生徒が多くなってきた。

これには、お湯屋さんもこまってしまった。そこである日、こんいな間がらの小使いのおやじに、

「こまったことがあるんでね。じつは……。」

と、ぐちをこぼしたのである。小使いは、

「こいつは、近ごろおもしろいことになりそうだぞ。」

と、大よろこびで、さっそくそのことを、Y教頭にいいつけたからたまらない。小使いの予想があたって、教頭はたちまち憤怒《ふんぬ》の形相《ぎょうそう》ものすごく、

「よし、ひとりのこらず処分してやる。」

と立ちあがった。自分の講義にけちをつけられたのだから、おこるのもむりはない。

「こともあろうに、その時間中、昼湯につかっているというにいたっては、もうかんべんできぬ。」というわけで、

「ほかの生徒さんは、みんな、同じような顔をしているから、見わけがつかない。けれども、ただひとり西洋人みたいな顔の生徒がいたことだけはたしかだ。」

というお湯屋の報告に、一も二もなく、

「この犯人の親だまは、ヒラノにちがいない。」

ときめてしまったのだ。

「おまえが発頭人《ほっとうにん》にちがいない。中途で、よその学校からきたやつに、ろくなものはいない。そんなにふろにはいっていたければ、とうぶん、学校へこないで、ふろにつかっていろ！」

　こうして、ぼくは、一週間の停学にされてしまった。

「こんどは、いったい、どんなことをした？」

と、母は、びくともせず、ほほえみながらたずねた。わけを話すと、母は、しっかりとした態度で、

「はい、では、せいぜいお湯にいれて、ゆっくり、反省させることにいたしましょう。」

といいながら、あっけにとられているY教頭のまえから、ぼくをつれて家に帰った。

　父は、このふしぎな罰に、腹をかかえてわらいころげた。そして、頭髪をみじかくしろという教頭の命令にたいしては、

「日本には日本の法律がある。学校には学校の規則がある。たとえ、ばかげていても、したがわねばならぬ。」

とうなずいた。

停学期間がすぎて、ふたたび登校する前日、ぼくは床屋へいって、かみそりで、くりくりぼうずにそりおとしてもらった。そりたての頭は、青々としていた。いつもかわいがっている愛犬のフォッシュが、ぼくをひとちがいして、えらい勢いでほえたてた。

「だれがそれといった！　ここはぼうさんの学校じゃないぞ！」

と、Y教頭は、またしても、かんかんになってどなったが、長い髪をみじかくしたことにかわりはないのだから、どうにもしようがなかったらしい。

同級生も下級生も、ぼくのてらてら頭を、大いに歓迎してくれた。あくる日、朝礼にならんだ生徒のうち二分の一ほど、まぶしい日の光に、てらてらそりたての頭をふりたてていた。そして、それから当分の間、このひょうきんなまねがはやりつづけて、学校じゅうを大わらいのうずでかきまわした。

母の誤解

大学にはいったばかりの、ある日のことであった。それは春の一日だった。散りつくしたさくらの花びらで、地面は雪のように明るかった。が、二月のように寒い、こおりつくような午後だった。

学校から帰って、いつものように、母の茶の間にいったが、女中がいるだけで、母のすがたが見えない。きいても、女中は、下を向いていて答えない。

祖母が台所で、ぼくのために、りんごをむいた。祖母にきいても、

「いいんですよ、いいんですよ。」

と、意味ありげに、うなずくだけだった。どうも、家の中の空気が、いつもとちがう。どうしたのだろう……。

「おとうさんは？」

ときけば、

「おへやでしょう。」

と、いつものやさしい祖母らしくもなく、つっぱなすようないいかただった。

——なにかあるな、と、ぼくは思った。いつも明るい平和な家庭なのに……。こんな、さむざむとしたふんいきは、はじめてだ。

ぼくは、なにげなく、縁側に出た。庭の枯れたしばは黄色くはげて、地はだが、黒くむきだしていた。そこには、昼間もとけぬ霜柱《しもばしら》が、さむざむと、光っていた。

あっ！　おかあさんだ！　よく見つめた。——ああ、やっぱりおかあさんだった。冷たい庭の枯れたしばの上に、もだえ苦しんだまま、うつぶせになっているではないか！　うめき声をあげながら、ふりみだした髪をかかえて、歯ぎしりをして、着物もどろにまみれて、母はそこにいた。

持病の胃けいれんかな……と思った。が、どうやら、そうではなさそうだ。……けいれんで、庭にころげまわるなんてためしはなかった。目じりをきっとつりあげ、怒りと悲しみのまじった顔だった。

母はもう五十歳《さい》になっていた。が、まだ一本のしらがもなく、どう見ても、三十台にしか見えなかった。あんなにやさしく、つつましく、だれからも愛され、尊敬されていた母が……。いったい、これはどうしたことなのだ！

ぼくは、縁側のふみ石に片足をかけたまま、どうしていいか、きつねにつままれた気持ちで、しばらく母のいたましいすがたを見おろしていた。たずねることばも出なかった。

「イマオ……お帰りなさい！」

このとき、いつもの明るい、抱擁《ほうよう》するような、やさしい父のバス声がした。へやにいたのだろう、……父の顔も上気していた。まっかな血管がひたいと鼻の頭に走っていた。

「おかあさんはどうしたのですか。」

とがめるようにきいた。

「こまる……、こまる、……ほんとにこまる。……イマオが早く帰ってくるのを、待っていました。」

父は、とほうにくれていたらしい。

このごろ、父は、なんとなく、さびしそうだった。絵をかいても、バイオリンをひいていても、心から楽しそうではなかった。なにか、暗い、もの悲しいかげがあった。

父は七十をこしていた。社会的にも名を知られ、外国人としてはめずらしく、大きな旭日勲章《きょくじつくんしょう》を胸にかざっていた。そして、しじゅう名士たちがゆききしていたが、父はさびしそうだった。

子どものようにはしゃぎ、子どものようにべそをかく父だった。

エープリルフールの日には、まっ先にいたずらした。

「イマオ！　げんかんに郵便屋さんがきていますよ。……たくさん原稿料をもってきたらしい。はんこをおしてきなさい。」

こんなことをいって、よくだました。

ある四月一日の朝のこと。山高帽が、庭のふみ石の上にころがっていた。弟がおもしろがって、力いっぱいけとばした。とたんに、「あっ！」といって、足の先をおさえてたおれた。縁側で、父はこれを見て、腹をかかえてわらいころげた。山高帽の中には、かどのとがった石がはいっていたのだ。

父は、エープリルフールのおくりものに、子どものいたずら本能を利用したのだった。帽子が落ちていれば、子どもなら、かならず、ちょっとけとばしてみないではいられない。――そういう、いたずらっ子の気持ちをよく知っていた。だから、中に石を入れておいたのだ。

しかし、このごろ、父は日一日と、さびしそうに見えてきた。

「もうわたしは、そう長く生きていないだろう。……イマオといっしょに、この世に住んだ日は、ほんとにすくなかった。……これからも、長くはないだろう。……わたしは死にたくない。……あなたの母のためにも、もっともっと、たくさんのことをしてあげたい。……ほんとに、あなたがた、母とふたりの子はかわいそうだった。……が、世の中のおきては、なにもかも、けっして、大目に見てはくれない。……アメリカにしてもそうだ。……イマオ、……どうか、わたしの生きている間に、せめて、わたしの頭の中のものを、すっかりすいとっておきなさい。……ギリシア語、……ラテン語、……みんなみんな、文学者には必要なものだ……。」

父は、よく、こんなことをいった。そして目にいっぱいなみだをためていた。

ぼくには、父のさびしさ、ひとのよさ、孤独な気持ちがよくわかっていた。父は子どものようなひとだった。二十歳のぼくを、ただひとりの相談相手にしようとしている。が、ぼくには、どうにもできなかった。父はときどき血圧をはかり、血をとったり、注射をしたりした。一滴のかるいぶどう酒も口にしなくなった。父は、ひまさえあれば、とうのステッキをついて歩いた。医者が、散歩をしなさいとすすめたからだ。

母は父のさびしそうな、すこしねこぜになったうしろすがたを見て、

「さあ、おとうさんといっしょに、散歩をしておあげなさい。」

といった。

ぼくは、そういわれると、泣きたくなった。あんなにやさしい父、だいすきな父、心と心とが、こんなにもひとつにとけあった父と子。……それなのに、父といっしょに歩いてあげることのできない気の弱さ。……ぼくは、うったえるように、しかし、しいてとはいいかねて、じっとぼくの顔を見つめながら、げんかんに立って、ステッキの銀のにぎりをつかんでいる父の気持ちをよく理解した。

「いっしょに散歩してくれないか。」

と、父はいいたいのだ。

だが、ああ、あいのこといういやなかげ口……。やっぱり、あいつは、あの年寄

り異人の子なのだ、といわれ、ふりかえられるのがこわかったのだ。老い先のみじかい父のために、どうして、気持ちよく、のびのびと、さあ、おとうさん、いっしょに歩きましょう、といってあげることができないのだろう。……ぼくは、いたたまれず、げんかんにたたずむ父をすてて、へやにとびこみ、声をあげて泣いたのだった。

父も、目にいっぱい、なみだをためて、首をふりふり、ぽつねんと、ただひとり出ていった。父には愛するむすこの、かなしい「弱気」が、よくわかっていたのだろう。

「おとうさん。おかあさんは、いったいどうしたのですか。」

と、もう一度、ぼくはたずねた。

「とにかく、あなたのへやへいこう。」

そういって、父は、縁側にもどり、

「コマ、コマ、家の中におはいりなさい、からだに悪いから。そんなにおこることではありません。これからイマオにすっかり話します。そして、イマオから、あなたに説明してもらいます。」

母はすこしおちついたとみえて、髪をみだしたまま、芝生の上にちょこなんとすわり、目だけは異様に光らせ、ひざに両手をのせていた。

父は、赤々と火のついた石油ストーブを持ちあげて、重そうにぶらさげた。そして、さっさと、二、三室はなれたぼくの勉強室へ、運んでいった。女中や下男たちがいるのに、父はだれにも手つだわせず、自分でした。

「ぼく持っていきますよ。」

といっても、父は、

「きょうは、わたしに持っていかせてもらおう。イマオ、きょう、あなたを、わたしの子どもではなく、ひとりの信頼できる友だちとして話をしたいのだ。」

といった。

四じょう半の小べやは、たちまち春のさかりのように、ぽかぽかとあたたかくなった。父と子は、ストーブを間にはさんで、向かいあってこしをおろした。

父はふたたび、いつものように明るい顔になった。そして、ぼくの本箱を、めずらしそうに見まわしながらいった。

「ほほう、いろいろな本があるね。ベルリオーズの伝記はおもしろい。ゴッホの画集もあるね。日本の学生は、アメリカの学生よりも、ずっと高級な本を読む。アメリカの学生には、たいてい小説がいちばん読まれているが……。」

はじめて、ゆったりとした気分でながめるむすこのへやは、父をことのほかよろこばせたようだ。

「おとうさん、それより、おかあさんは、いったいどうしたんですか。」

父は、しかられた子どものように、はっとしてぼくの顔を見た。

「イマオ……こんどは、あなたの母が、なにもかも、誤解しているのだ。」

父は、うつむきながら、口の中でいった。そして、内ポケットから、細長い紙入れをとりだした。中から、小さい封筒をとりだし、

「そのまえに、これを読んで……。」

といった。それは、きれいな、もも色の日本封筒だった。

「読んでもいいですか。」

そして、ぼくは、その手紙を読んだ。どんなことが、どんな文体でかかれていたか、もう遠いむかしのことなので、おぼえていないが、父とさいきん、どこかであ

って、たいへん楽しかったということが、やさしい京都なまりのことばでかいてあった。よほどお習字のけいこをしたひとらしく、なかなかじょうずで、細筆で美しい線がえがいてある。

「おとうさん、この女のひと、だれなんですか……。へんな名ですね、千代菊《ちよぎく》なんて。ふつうの女のひとじゃないようだけど……だれなんです？　そうして、どこであったのですか？」

ほのかな、あたたかいものを、この、おさない文章から感じとったぼくは、父の顔をのぞきこんだ。

父は老いの目をぱちくりさせて、ぽつりぽつりと、語りだした。

千代菊というのは、京都の祇園《ぎおん》の舞い子で、父が京都へいくたびに、よんで、いろいろの用をさせていた。

父は、日本美術の研究や、日本画のおけいこに、二月に一回ぐらい、十日間から十五日間ほど、母をつれて京都へいった。そして、二条の、しずかな純日本ふうの宿屋にとまっていた。

画《え》や書をかくためには、唐墨《とうぼく》という中国の古いすみを使う。そして、いいすみ色を出すには、数時間、しずかに、しずかに、平均した力で、すらなければならない。

母が、いつも、父のそばで、ゆっくりゆっくり、すっていた。母が、上半身を、まるで小船でもこいでいるように、ゆらせながら、すみをすっているすがたは、ぼくの少年時代に見た、もっとも美しい、そして、なつかしい日本女性のすがただった。

さて、父は京都にいくと、その地の有名な画家たちを祇園の料亭にまねき、きよらかなつどいをするのが楽しみだった。父は外国人でありながら、日本の書や画をたくみにかくので、ほうぼうから、「ぜひおねがいします。」と、京の宮家《みやけ》やら、古《ふる》寺《でら》の管長《かんちょう》さんたちにせがまれて、そのつど、気持ちよく、絹地《きぬじ》や唐紙《とうし》にかいてやっていた。

いつとはなしに、父のかたわらには、ひとりのかわいい舞い子が、かげのようにつきそっていた。そして、しらうおのような指で、すみをすっていた。父はこの小娘の、やさしい心のこもったすみのあつかいに、心から満足した。それが、千代菊という、十六歳になる、小つづみのじょうずな舞い子だった。

都《みやこ》おどりの衣装などを、父は、母と相談して、いつも気持ちよくひきうけてやった。

千代菊は、母のことを「御寮《ごりょう》はん」と、京ことばで尊敬し、したっていた。千代菊の胸には、日一日と、きよらかな、生きがいがわいてきた。この七十歳の外国人にたいして、親か祖父のような親しみと愛情をもつようになってきた。

父は、子どもよりもむじゃきで、心のきよらかなひとだった。だから、千代菊にすみをすらせながら、外国の美しい童話など、よく話してきかせるのだった。

千代菊は、父が京都の用をおえて、東京に帰るというと、まるで、実父にでも別れるようにさびしがり、よく、箱根まで送ってきた。千代菊の主人は、父と千代菊の間に流れている美しい心と心を、よく知っていた。けれども、父のりっぱな人格にうたれ、すこしも、心配しなかった。父は、生まれつきの、芸術家気分から、千代菊をただ、日本の美しいお人形として見ていた。

東京へ帰ってから、父は、千代菊から、たびたび、かわいい、むじゃきな手紙をもらっていた。けれども、父は母に気がねをして、……と、いうよりは、子どもみたいにひとのよい、気の小さな父は、母に、へんな誤解をされたりなにかするのはいやなので、千代菊からの手紙は、いつも、虎ノ門クラブあてに、送らせていた。

だから、父は、よく、行く先をごまかしては、ひとりで、さも、用がありそうに見せかけながら、いそいそと、虎ノ門へ、手紙を受けとりにいくようになった。

そして……とうとう、ある日のこと、母には、なんとかじょうずに口実をこしらえて、箱根の山の中の、しずかな宿屋で、千代菊とおちあい、終日、すみをすらせたのだった。

父はとまらなかった。千代菊は、もちろん、主人といっしょにきていた。唐墨の、みやびやかな香りと、京の舞い子のかたわらで、心しずかな半日を楽しんで、帰ってきたのだった。

さて、母が、縁先の芝生の上で、気がくるったように、もだえねばならなかったそのわけは、この、楽しい箱根での半日をなつかしむ千代菊の手紙を、父がうっかり化粧台の上におきわすれたからである。母はそれを見つけて、読んでしまったのだ。

母は、とっさに、目の前がまっ暗になった。長年、ひとすじの純愛を守って、世間の冷たい目をじっとこらえながら、父を信じ、きょうまでくらしてきた母だった。そして、これは、母にとって、まったく思いがけない、おそろしいことだった。世間知らずの、なんの邪気《じやき》もない母にとって、とりかえしのつかない大事件だった。

母は、つつしみもわすれて、ただ、ぼうぜんとしてしまった。怒りでも、悲しみでもない。……いままで味わったことのない、ふしぎなさびしさだった。だから、ことばには出せなかったのだ。いきなり、はだしで庭にとびおり、霜にふくれた芝生の上をかけまわり、ぺたんとすわり、髪をかきむしり、やたらにのたうちまわるよりほかには、できなかったのだ。

ぼくには、母の気持ちがよくわかっていた。父の気持ちだって、あまりにもはっきりわかっていた。わかればわかるほど、のどがつまり、目がしらが熱くなり、そして、なみだが、とめどもなく流れてくる。

だれも悪くはないのだ。父もいい、母もいい。……ただ、母が、もうすこし、父の気持ちもわかってあげたら……。父には、日本人では想像できない、ほんとに、生まれたばかりの赤んぼうのような、とらわれない気持ちがあるのだ。それが、母に、こんなおそろしい誤解をいだかせたのだ。

父は、ストーブのむこうに、じっと、かしこまったまま、うつむいていた。そのひとみは水色にぬれていた。そこには、つめのあかほどのけがらわしさも、悪気もなかった。

「おとうさん……。」

たまらなくなって、ぼくは、とびあがり、父にだきついた。

「おとうさんも、おかあさんも、かわいそうです。いいひとたちばかりなんですもの……。」

父はうなだれて、ぼくの手から封筒を、そうっととった。そして、じっと、それを見つめていたが、しずかに、しずかに、音をたてないように、うすべに色の和紙につづった京なまりのことばを、ビリ……ビリリ……ビリ……と、さいていた。

ぼくは、じいっと、そのふるえる手つきを見ていた。

父は、だまって、やぶりつづけた。「ほお」の白い花が、山風で散っていくように、京の舞い子の手紙は、だんだんと消えていった。


その夜、母は、生まれかわったように、いきいきと明るく、いそいそと食卓の用意をした。すっかり、誤解がはれたのだ。コックにいいつけて、ぼくたちのだいすきなビフテキの、血のしたたるようなのをつくらせたのは母だった。

父は、いつものように、うれしいときや、ばつの悪いときにやるウインクを、しきりにぼくにしてみせた。

「さあ、おかあさんの健康を祝って！」

父は、ぼくたち兄と弟に、目顔でうながし、母のために、とっておきの古いぶどう酒のさかずきをあげた。

すると、母は、にこやかに、むくいながら、

「おとうさまが、子どもたちのために、いつまでも、おじょうぶでいてくださいますように……。」

と、まっ先に、こいルビー色のコップに口をつけた。

父の死

いつまでもおじょうぶで——といのられた父は、その年のクリスマスの前夜、遠い遠い雪のニューヨークで、ひとりぼっちで死んでしまった。

すべては終わった。——そして、ぼくたち、母や弟にとっても、すべては終わったのだ。

父の死とともに、コックも女中も、みんなみんな、いなくなった。朝・昼・晩の食卓は、もう、まっ白いテーブルクロスにおおわれるかわりに、まるい小さな、折りたたみの、みすぼらしいおぜんにかわった。

あんなに朝早くから、つめかけてきた名士やお客たちのすがたは、遠い世界のものになった。

もう、バイオリンの音はきけない。朝、目がさめても、さえざえとしたバイオリ

ンは、ぼくを起こしてくれなくなった。めっきり老いこんで、しらが頭になった母のかれ声が、

「さあ、学校の時間ですよ。」

と、ふすまの外で、きこえるだけだった。

父は、

「こんどアメリカへ帰ったら、さっそくいろいろな用事をかたづけて、すぐ帰ってくるよ。もう、こんど日本にくるときは、永久に、妻や子どもたちとくらすのだ。」

といっていた。そして、いそいそと、帰っていったのだった。アメリカにある広大な土地を整理し、永久に日本に住むための準備をしようとして、帰っていったのだ。

ところが、帰った父を待っていたのは、アメリカじゅうにひろがっている日本反対の声だった。アメリカは、反日運動のうずまきで、たいへんなさわぎだった。

だから、父は、じっとしていられず、ワシントンに出かけていき、アメリカ政府にかけあったり、自分が会長になっている日米協会を動かしたりして、日本のために、なんとしてもアメリカ人の心をやわらげようと、働いたのだった。

そして、十二月二十日、「日本のために……日本をよく理解してもらうために」、

カーネギーホールという大きな講堂で、演説のさいちゅう、脳いっけつで死んだのだ。

父の死んだあと……、なんにものこらなかった。父は、一生の大半を、だいすきな日本の美と、バイオリンで送ってしまった。だから、死んだあとに、ほとんど、なにものこらなかった。

いかにも芸術家らしい生きかただ。けれども、母がかわいそうだった。わずかにのこったものを、手ばなすまいと守りつづけるより、しようがないのだ。数十年間も、ふたりの子を育て、さびしく待っていた母は、かわいそうだった。

父の死は、こうして、ぼくたち母と子に、世の中の冷たさを底の底まで味わわせた。母は、のこされたふたりの子のために、ひっしとなって節約した。人が変ってしまったようだった。ほとんど、けちんぼうといってもいいほど、つましくなってきた。

だが、考えてみればむりもない。つえとも柱とも思う長男のぼくは、まだ大学生で、しかも、一文にもならない詩だの文学だのにむちゅうになっているのだし、弟はまだ中学生で、遊びたいさかりの、わんぱく小ぞうだった。こうして、母はひとりで苦しんだ。

父の死後一年ほどすると、とつぜん、アメリカから、父のところで働いていた顧《こ》問《もん》弁護士がきて、

「いろいろの費用をひいたのこりです。」

といって、金をさしだした。

母は、ほっとしたようすだった。それは日本人の生活程度から考えたら、けっしてすくない額ではなかった。が、しょうがいをぎせいにして、妻と母のつとめをはたした母にとっては、あまりにも、なさけないものだった。だから、母は、それからのちは、一銭一厘《りん》も、へらすまいと、やっきになった。

父なきあとのぼくは、もう、毎日が、うつろで、さびしいだけだった。あんなにやさしい、理解のある父は、日本人には見いだせないだろう。それなのに、それなのに、ぼくは、父のたったひとつのねがいを、冷たく、つっぱねつづけたのだ。せめて一度でも、いっしょに、気持ちよく散歩してあげればよかった……が、もう、

おそい。おそらく、父は、たったひとりの死の床で、親不孝なぼくのかたに手をかけながら、渋谷の坂をゆっくりゆっくりとのぼっていくゆめを見ていたことだろう……。そう思うと、いてもたってもいられなくなってきた。

父がのこしていった、銀のにぎりのついた太いステッキを手にすると、家をとびだし、父がいつも、とぼとぼと、背を曲げて、たったひとり歩いていたあの散歩道を、どこまでも歩きつづけたのだった。

駒場《こまば》から富ケ谷、大山園、代々木……と、道は、しんかんとしてさびしかった。のどにつかえてくる、すすり泣きをこらえて、

「おとうさん！　おとうさん！」

と、いくたび、口の中でくりかえしたことだろう。

それは竹やぶの多い別れ道だった。

母の死

ひろい家はもう、むだだった。父なきあとの母と子には、それにふさわしい小さな家があればいい。そこで、東京の家を売って、横浜にもどった。ぼくが赤んぼうのときからあった老松町の家は、関東の大震災で、灰になってしまったので、あとかたもない。

父の死と前後して、祖母も死んだ。母とぼくと弟は、神奈川の一隅に、小さな家をもとめて住んだ。

ぼくは、毎日、一文にもならぬ詩や文章ばかりかいているので、母は気が気ではなかった。父の遺産が、むなしくへっていく……という心配から、母は、親類の者に相談して、のこりの金をあずけてしまった。それは、母のおいにあたる男だった。母が、おひとよしで世間知らずなので、うまくだまされ、とうとう知らぬまに、すっかり使いこまれてしまった。

ぼくは、あのころの母を思うと、なみだなしではいられない。たいせつなむすこを信ずることができず、他人に金をまかせてしまった母……。母は、それを知ったとき、あまりのおどろきと絶望で、心臓をひどくいためたおれてしまった。

母は、死の床で泣きつづけた。母は、ついに一文なしになった。そして、

「イマオ、タケオ、すまなかった、すまなかった。」

と、手を合わせながら、死んでしまった。日かげの花の一生だった。

くらしは母の死とともに、どん底にきた。葬式もさびしいものだった。

弟武雄は母の死の前後、――ちょうど、昭和十二年ごろのこと――かんごくにはいっていた。弟は、大学生だったとき、学生運動に加わって、赤旗をかついでさわいだのだ。そして日本が、中国東北部に兵を出したときは、反対をさけび、平和のためにたたかった。だから、多くの同志たちといっしょに、つかまってしまったのだ。

母が重い病気になり、いよいよあぶなくなったとき、弟は、かりにかんごくから

出してもらい、いそいでやってきた。牢屋にいたとは思えない、とても元気な顔でとんできた。そこには、すこしも暗いかげはなかった。

母は、ベッドから起きあがろうと、両手をおよがせた。弟は母の背をささえた。

母は、熱心なカトリック信者として死んだ。しょうがいを慈善にささげた。だから、自分の幸福よりも、貧しい人、病める人、親のない子どもの不幸に、心をいためた。

日曜日には、ぼくたち兄弟をつれて、かわいそうなくらしをしている人々をおとずれ、おかしや、着物や、お金をくばってやった。だから、ぼくたち兄弟は、おさないころから、しいたげられたひとたちの生活に、あたたかい親しみをもつようになっていた。

「おかあさん、苦しいだろう……。」

弟は長い間、牢屋にいたので、すきとおるように白い顔をしていた。長いまつげに、なみだがくっついていた。

「おまえこそ、ごくろうだね。」

母は、弟におじぎをした。

母はむかしの女だ。なんにも知らない。アベ　マリアのおいのりはするが、その意味はわからない。仏教信者が、意味もわからず、ナムアミダブツととなえるようなものだ。だから、母は、弟のしていることの意味など、知るはずがなかった。弟がいつも巡査に追いかけられたり、警察にひかれていったりすることが、はじめはたいへん、はずかしかったらしい。神さまにそむく、悪いことをしているのかと思っていた。

ところが、だんだんと、タケオのしていることは、悪くない……と思うようになってきた。世の中から、いけないことをなくすため、金持ちばかりがしあわせで、びんぼう人はいつまでも苦しむ――というような世の中をなくすために、働いている弟のすがたを、母は母なりに、キリストの「いけにえ」のように感じて、理解するようになってきた。

「おかあさんには、心配をかけどおしだったなあ……。」

「いいんだよ。おまえは、正しい道を進んでいるのだからね。この世で、たとえ、牢屋に入れられようとも、また、殺されるような目にあおうとも、世のため、人のために、身をささげて働くことは、とうとい、ありがたいことなのだからね。……

おかあさんは、よろこんでいるよ。もう、もう、びんぼうをしても、さびしくっても、だまされても、心の中はいつも明るいのだからね。おまえやにいさんには、ほんとに、気のどくなことをしてしまった。わたしがばかなものだから、せっかく、おとうさんがのこしてくださった財産を、むざむざと、ね。」

母は、まくらにしがみついて泣いた。

「お金なんか、財産なんか、ぼくたちちっともほしかないよ。おかあさん、それより、おとうさんは、もっともっと、たいせつなものをたくさんのこしていってくだすったのだもの。……一生、消えない思い出を、ね、そうだろう……おかあさん。……おかあさんだって、おとうさんの思い出は、いつまでも……いつまでも……。」

弟は、二晩だけとまることをゆるされ、母を中にして、ふたりの子は川の字になってねた。いつまでもこうふんしてねられなかった。

「にいさん。おふくろ、もうだめだろうね。」

「しっ！　きこえるといけないよ。」

「だいじょうぶかなあ……。」

「おまえを見て、すっかり安心したらしいね。ひょっとすると、もつかもしれないよ。」

「おれは、いつ出られるか、わからないんだ。……それまで、おふくろをたのむよ。ね、ね、にいさん。」

「うん。……おまえも、からだに気をつけてね……。」

母は、やすらかな寝息をたてて、ねむっていた。ときどき、のどが、ゴロゴロと鳴る。母の死をまえにしても、まだ子どもたちは、それを信じたくないのだ。

「ほんとに、おふくろ……かわいそうなひとだったね……。」

「でも、こうして親子三人でねるなんて、ほんとに、何年ぶりだろう。……そして、これがさいごかもしれないんだ……。」

「タケちゃん、がんばってくれ。おれはおまえの分まで、おふくろをたいせつにするからね……。」

そして、弟はさびしく、だが、母には元気いっぱいに見せて、帰っていった。冷たい牢獄へと帰っていった。

日本の政府は、このころから、こうして、東亜《とうあ》に軍国のきばをつき立てるのに、じゃまになるひとたちを、かたっぱしから、牢屋におしこめてしまったのだ。そして、着々として、大戦争の気運をこしらえていったのだ。

「武雄はほんとに、えらい子になったね。」

と、母はうれしそうだった。

そして、そのつぎの晩……。イエズス・マリア、イエズス・マリアと、口の中でくりかえしながら、母は、ねむるように死んでいった。

なんにもなくなったへやの中には、母の死の床に、ただひとつ、父の愛したストラディバリオのバイオリンだけが、番犬のように、のこされていた。

戦争が始まった

おそれていたものがきた。あの、おそろしい日がきた。身ぶるいするほどおそろしい日が！　父の国と、日本とが、戦争を始めたのだ。

子どものときから、なにかことのあるたびに、頭をもちあげてくる、おれは、あいのこだという、悲しい自覚が、このときほど、はっきりと、身にせまったことはない。

十二月八日の朝の、あのおそろしい放送だ。

「真珠湾攻撃《しんじゆわんこうげき》！」

ラジオが、軍艦マーチをにぎやかに流した。

とたんに、ぷっつり！　と、ふっきれたものがある。それは、長い間、うす暗いやみの中で、うごめいていたぼくの、悲しい神経だ！　それが、わかわかしい力で、もぎとれたのだ。

ちょうど、おくびょうな患者が、いよいよ、どうにもごまかしきれず、ますい剤も使わず、ぐいっ！　と、歯をぬかれたような気持ちだった。あばら骨が、三、四本、メリメリと、ひっぱがされたような気持ちだった。

ああ、これで、せいせいした！　長年、未決かんごくで、うなりつづけていた囚人《しゅうじん》が、はっきりと、死刑をいいわたされたときの、あのほっとした、と同時に、もう、なにもかも、おしまいだ……という気持ちだった。

それとともに、「イマオ！　レミ！　レミ！　かわいいレミ！」と、父がよく、かいてよこした、むかしの手紙のことばが、なぜだろう、きゅうにはっきりと、父の国から、砲煙《ほうえん》と銃声《じゅうせい》にまじってきこえてきた。

ああ、おとうさん！　いま、日本は、あなたの国を、敵として戦うのです……。ぼくは、どこの国に、忠節《ちゅうせつ》をつくせばいいのでしょうか？　教えてください。……

ああ、このような、ふしぎな気持ちは、ぼくのような立場におかれた混血児でないと、わからないだろう。

早ざきのうめの花が、庭に、ふくいくとかおっている二月末の、ある朝のことだった。もう、ぼくは妻をもち、三人の子どもの父になっていた。そして、太平洋戦争では、だんだんと、日本の負け色が、はっきりした日のことだった。

「あなた、あなたっ！　おとうさんてば……、おとうさん……てばっ！」

妻が、いきなり、ふとんをめくりあげた。

ぼくは、前夜おそくまで原稿をかいていたので、とてもねむかった。

「だめだよっ！　かんべんしてくれよ。……ねむくって、しようがない。……外はまだ暗いじゃないか。」

「でも、起きてくださいよ。お客さまなのよ。本屋さんなのよ。神田からきたんですって……。」

夜明けに本屋さんがたずねてくるなんて、へんだな、とは思ったが、なんの用かと思って、ぼくは、とび起きた。

「どこにいるんだ？……なんという本屋さんなんだ？」

ちょうずを使い、着物を着る間ももどかしく、

「げんかんよ。お茶出すわ。」

と、妻の、めずらしく、いそいそとした、てんてこまいに、こっちもいい気持ちになって、

「いらっしゃい！」

と、げんかんのざしきに顔を出すと、四十歳ぐらいの、目のするどい国民服のひとと、背広の、がっちりした柔道の選手みたいなひとがいて、いきなり、

「ヒラノ先生ですね。」

といった。

「そうです。でも、こんなに、朝早くから、たいへんですね。」

というと、

「職務ですから。」

という。

「へえ、職務ですって？」

本屋さんにしては、みょうないいかただ。

「われわれは、こういう者です。先生、ちょっと、そこまで、おいでねがいます。」

××憲兵隊《けんぺいたい》　曹長《そうちょう》　脇坂了俊《わきざかりょうしゅん》　という名刺《めいし》だ。

（きたなっ！　ついに、きたなっ！）

とっさに、ぼくは、かくごをきめた。

そのころは、すこしでも、のびのびとした意見をかいたり、戦争に協力しないような作家や編集者たちが、どんどんつかまっていた。すこしでも、自由をさけぶものは、なさけようしゃもなく、つれていかれた。ついに、ぼくのところへもきたのだ。妻に、

「とうとう、きたよ。」

と、にがわらいをしながら、わたされた名刺を見せると、さっと顔色がかわった。

「あなた、だいじょうぶ？　殺されるんじゃない？」

と、ふるえ声。

こうして、ぼくは、荒川べりの憲兵隊につれていかれ、それから九段下の本部に送られた。そして、毎日、

「おまえは混血児だから、なにか反逆的な、スパイのようなことをしているのではないか。」

とどなられたり、ぶたれたりした。

「永久に、うちへは帰さぬぞ。」

とか、

「このまま殺してしまっても、だれも知らないのだ。」

とか、

「早く、ほんとうのことをいえ。いわないうちは、帰さない。」

とか、それはもう、りくつにもならないおどし文句で、せめつづけられた。

が、一か月ほどすると、さすがに、なんのしょうこもないので、こまってしまい、

「ふだん、おまえは、つまらぬ本ばかりかいているから、しらべられても文句はあるまい。こっちに手落ちはない。」

と、みょうないいわけみたいなことばにおくられて、やっと帰宅をゆるされた。そのとき、

「おまえは、いつも和服ばかり着ているそうだが、これからは、ぜったいに、着物を着てはいけない。」

といいわたされた。

日本人が日本の着物を着てはいけないなんて。……だいいち、ぼくは洋服が大きらいで、しょっちゅう、好みの純日本織物で、着物をこしらえて着ていた。爆撃のさいちゅうでも、空襲警報のときでも、平気で和服を着ていた。もし、背広を着ていたら、「毛唐だ！」と、らんぼうな町のひとたちに、どえらい目にあっただろう。ぼくは、カムフラージュのためだけでなく、ほんとに日本の着物がすきだった。着物だけが、ぼくの混血児としての容貌《ようぼう》をごまかせたのだ。それが、またしても、ゆるされないというのだ。……ぼくは、どうしていいかわからなくなった。

が、とにかく、憲兵隊からぶじで帰ってきた。

けれども、やっかいな訪問客が、毎日のように、やってきた。それは警察のひとたちだった。そして、また、春の終わりごろの一日、こんどは、荒川署の情報部主任というのが、

「先生にちょっと……。」

と、ねこなで声で、げんかんにはいってきた。もう、このまえのことでこりているから、妻も、腹がすわっていた。

「すぐにおいでねがいたい。」

という。警察のことだから、憲兵隊ほどのことはあるまいと思って、

「あとはたのむよ。ちょっといってくる。」

と、妻の、さびしそうな笑顔に送られて、外に出た。

外には、警察の車が待っていた。オートバイが三、四台ついていた。またもや、天下の重大犯人めしとりの光景だった。

近所のひとたちは、これで二度めのとりものなので、ぼくを、よくよく、おそるべき国賊《こくぞく》だと思っているにちがいない。だが、さすがに気のどくがって、外に出て見ているひとはなかった。いつもかわいがってやる近所の子どもたちが三、四人、きょとんとした顔で見送ってくれた。

あとできいたのだが、ぼくがつれていかれたすぐあとで、どやどやっと、巡査や刑事たちが、どろぐつのまま、あがってきて、家の中を、めちゃめちゃに、かきまわしたという。

おりから、仕事中だった原稿や参考書が、たたみの上に散らばっていた。かれらは平気で、アスファルトの国道でも歩くみたいに、紙きれの上を土足で歩きまわり、本箱、つくえのひきだし、紙くずかご、便所のおとし紙まで、こまかくひろげてし

らべた。

この手数のかかる仕事は、ぼくが、ひとまず、警察の保護室のたたみの上で、すっぱいお茶をごちそうになっている間に行われたのである。なんでもいい、しょうこになりそうなものなら、すいとり紙に、あべこべにくっついた文字の、ひとかけらでもいい、とりしらべの材料がなくては、せっかく、大げさな総動員でつかまえてきたのが、むだになってしまう。そこで、省線《しょうせん》（国電）のきっぷだの、ラジオだの、ホチキスまで、持っていってしまった。

妻は、あとで、こんなことをいっていた。

「なにも、悪いことをしたというわけじゃなし、ただあなたが、外国人みたいな顔をしているというだけで、うたがって、つれていったのだから、すこししらべれば、すぐ、なんでもなかったということがわかると思ったのよ。ですから、よけいなものを持っていかれて、そのために、とんでもないことになるとこまると思って、手紙類を大ぶろしきに、二つつみにして、おとなりの縁の下にかくしておいたの。そうしたら、やっぱり、むこうは商売がら、すぐに感づいて、おくさん、つまらんことをしては、かえってご主人のためになりませんよって、ものすごい顔でにらみつけて、それをひきずりだして、持っていってしまったのよ。」

　数年間の手紙で数千通もあった。それを、ふたりの巡査がしらべることになったのだ。かわいそうに、ふたりは一週間ほど、つづけざまに、夜なべまでして、たんねんに、一通のこらず読んだというのだ。ほこりと、こまかい字と、うす暗い電灯の下で、ふたりは、ふうふういいながら読みつづけた。そしてふたりとも、八日後には、ひどい急性結膜炎《きゅうせいけつまくえん》をおこして、目玉を、うさぎのようにまっかにはらしてしまった。が、なにひとつ、あやしい手紙は出てこなかった。

　書物をしらべていた係官は、

「おもしろい本ばかりで楽しかった。」

といっていた。そして、とうとう、反戦やスパイのしょうこなんか、ひとつも出てこなかった。

　八日めに、

「すまなかった。とんだ見こみちがいで……。さあ帰ってくれたまえ。」

と、ていねいに、送りかえされた。

　混血児は、ぼくひとりではない。――だから、この戦争で、ずいぶん多くの同類が、ぼくよりもっと、もっと、ひどい目にあっているかもしれぬ。──と、思うと、うったえどころのない怒りが、こみあげてくるのだった。

また、こんなことがあった。ぼくをめしとりにきた情報部主任が、ひょっこりやってきて、

「この間は、ほんとに、お気のどくなことをしました。悪く思わないでください。みんな、国の命令なのですから……。」

といって、近所の映画館のきっぷをたくさん、おみやげに持ってきた。そこで、ぼくは、

「いったい、ぼくを、あんなにいくたびもつれていっては、ばかげたとりしらべをするなんて、わけがわからない。なにか、ぼくのことで、へんな中傷をいうやつがあるのでしょうか?」

ときいてみた。すると、しばらく、もじもじしていたが、

「これは、だれにもいえないことですが……。」

といって、つぎのようなことをきかせてくれた。

灯火《とうか》管制《かんせい》の深夜の町は、もう、人っ子ひとり通らない。ひっそりとしている。だ

が、この町内の四つつじにある交番の前だけは、ほとんど、毎晩のように、十二時、一時、ときとすると、二時、三時ごろになって、五、六人の一団が、がやがやと、楽しそうにしゃべりながら通っていく。それが、ほとんど毎晩のことだった。

　そこで、交番の巡査は、どうも、あやしいぞと思って、

「もしもし、みなさんはどこからきて、どこへいくのですか。」

と、三度に一度はよびとめて、きかないわけにいかなかった。五、六人づれのときもあれば、十人ちかくのときもある。すくないときでも、三人はいた。それが、ほとんどいつも同じ顔ぶれなのだ。すると、かれらは、にこにこしながら、

「すぐその横町の、ヒラノさんのところの帰りです。」

と答えるのだった。

「なんか、集会でもあるのですか?」

ときくと、

「べつに……。ただ、なんという目的もなく集まっては、よた話をするだけです。」

　これはますますあやしいぞ、ヒラノといえば、このあいだ憲兵隊でしらべられた、あやしい外国人みたいな文士だ、というわけで、警察は、いろめきだし、まわりの

家々から、いろいろな情報を集めはじめた。が、どこできいても、

「ヒラノさんは、明るい、おもしろいひとで、近所のおつきあいもよく、へんなところは、すこしもありません。」

答えは同じだった。警察では、こまってしまった。なんとかして、あやしい点をつかまえようと、やっきになった。ところが、ぼくのとなり組の組長をやっているうるし屋のおやじで、警察のスパイをたのまれている男が、ぼくのことを、

「どうも、すること、いうことが、反戦的だ。」

と密告した。それは、ぼくが、その男を、そんな悪いやつだとは知らないで、早く戦争がなくなって、平和な日がきてくれないと、日本人ばかりでなく、だれもが不幸になる……というようなことをいったのを、そのままつつぬけに、警察にいいつけたのだった。

「やっぱり、アメリカのあいのこですよ。だから、なにかにつけて、聖戦に、けちをつけたがるのです。」

といいつけたのだった。それでわかった。うっかり口もきけないと思った。

アメリカのスパイかもしれない、と、いくたびもつれていかれたぼくの家も、と

うとうその年の三月十日、B29のおとしたしょういだんのおかげで、焼かれてしまった。

日本が負けた日から

庭の木の葉がめらめらもえて、風が強くふきだした。町ぜんたいが、火の海になっていく。ぼくは、どてらを着たまま、にげた。ふところには、だいすきなコーヒーのかんがはいっていた。

うちがすっかり焼けおちたとき、イタリア人の神父さんがとんできた。

「ひろいへやがあいているから、当分きていなさい。」

といった。このイタリア人は、教会と幼稚園をやっていた。三人の子どもたちが、その幼稚園にいっていたので、みまいにきてくれたのだった。

ぼくたち親子五人は、その日から、教会の二階においてもらうことになった。

三月に家を焼かれ、八月に、日本が無条件降伏《むじょうけんこうふく》するまでの半年の間、ぼくたちは、ものを考えることもゆるされないほど、連日連夜、空襲におびえつづけた。

神さまなんかいるものか――と、いつもいっていたぼくが、またしても、教会のやっかいになるなんて、へんな気がした。

が、神父は、とても戦争のきらいな男で、さかんにアメリカからの短波放送をぬすみぎきしては、

「いよいよ、日本はほろびるぞ。」

といっていた。

「早く戦争をやめないと、とりかえしのつかないことになる。」

と、信者たちにも、ささやいていた。

そんなことから、ぼくは、いつのまにか、相手が神さまの番頭さんだということをわすれて、反戦・平和主義者としてのかれがすきになり、ふたりでさかんに、日本が負けたらどうなるだろうという意見をたたかわしたり、日本ではきくことのできない、秘密ニュースをさぐっては、「たいへんだ、たいへんだ。」と、青くなっていた。

そんなことから、沖縄が占領されたことを早くも知り、長崎や広島におとされた怪爆弾の正体をつかみ、ますます、戦争の一日も早くやむようにといのる気持ちが、

ふかくなっていった。もう、だめだ、竹やりなんか持ちだすようじゃあ、みな殺しになる、と、がたがたしはじめた。

こうして、ついに、八月なかばの終戦。天皇の放送となった。まぶしい夏の日ざかりだったが、ぼくと神父は、防空壕《ぼうくうごう》の上にあがって、胸いっぱい呼吸し、空をあおいだが、もう、そこには、みかたの飛行機も敵のそれも、飛んではいなかった。平和の第一日がおとずれたのだ。じっと、目を見開いて、空をあおいだが、なぜだろう、すこしもまぶしくなかった。

日本が負けた、これからどうなる、という、暗い、いらだたしい、おしつけるような不安だけだった。きょうから、ほんとうの平和がくるなんて、とても信じられなかった。

アメリカに、なにからなにまで支配される、文句なしの降伏。……その底には、がっしりと根をはった無言の、むごたらしい条件が、「戦争は終わった。」とは、いいきれぬ暗いかげをひろげているのだ。

が、しかし、とにかく、もう、きょうからは、毎日、多くのひとが死ななくてすむのだ……。それだけがうれしかった。

その翌日、……だから、敗北第二日めの朝のことだった。

ザック！　ザック！　ザック！　ときならぬ軍靴《ぐんか》の音が、いりみだれて近づいてきた。

まどから、そっとのぞいてみると、憲兵の腕章をつけたのが、五、六人、大きな荷車をひいて、こっちのほうへやってくる。そうして、うちの前ではたと止まり、

「ごめんください。ヒラノ先生のおたくはこちらですか。」

と、大声で、号令でもかけるような調子だ。

「たいへんよ！　おとうさん！　たいへん！　たいへん！　早くにげて！　憲兵がおおぜいきたのよ！」

妻のくちびるの色が、むらさきにかわった。

敗戦のごたごたにかこつけて、やられるのかな。……とたんに、ぼくは、はげしいめまいがした。

げんかんでは、妻のおろおろ声……。

「なんのご用ですか。」

「先生のおたくですね、こちらは。」

「ええ、ですけれど、なんのご用……。」

憲兵のひとりが、さっと直立して、

「隊長がおうかがいするのですが、とりあえず、これを、おとどけするようにと命じられましたので。……どうぞ、お受けとりください。」

と、ドアをあけ、さっさと大きな米俵《こめだわら》を四俵《ひょう》、むぞうさに、土間に積んで、いってしまった。

「まあ、あなた！　白米よ！　白米よ！　お米よ！　白米四俵！　どうしましょう……。どうしましょう……。」

妻のおろおろ声が、明るさをおびて、しっかりしてきた。

憲兵のすがたが消えると、いれかわりに、こんどは、えっさ、えっさ、と、なにか、とても重いものをかついでくる人声が、せまってきた。

「のちほど、署長がごあいさつにうかがいます。先生、なにかとご不自由でしょう。どうぞ、つまらぬものですが、お使いください。」

情報部の係の刑事たちが、制服巡査に手つだわせて、とほうもなく大きな鏡つきの、彫刻したついたてと、ものすごくりっぱなダブルベッドと、いくつものバケツに山もりにした白ざとう・塩・みそなどを、小売のあきないができるほど、たくさん、運んできたのだ。

「かわればかわる世の中ねえ……。」

妻が、あまりのことに、あきれかえって、ためいきをついた。

「おとうさん、なんだか、きゅうに、えらくなっちゃったみたいね。」

ぼくは、だまって、どうなるのか、見ていてやろうと、そのままにしておいた。子どもたちは大よろこびで、はじめて見るすばらしい寝台の上で、おどったり、はねたりした。

妻は、鏡に指をあてて、

「あら……、とってもいい鏡だわ。ガラスがこんなに厚くって……。はくらい品よ、きっと。」

と、しきりに、指を鏡面にあてて、その厚さに感心している。

やがて、憲兵隊長と、署長とが、なかよくかたをならべてやってきた。きちんと両手をついて、

「へへえっ！」

とか、

「ははあっ！」

とか、まるで、むかしの殿さまの前にきた家来のようだった。

「あのせつは……。」

と、きまり悪そうに、ほとんど、ききとれないほど、かすかな声でいう。しばらく、かちかちになって、もじもじしたまま、口もきかず、うつむいていたが、やがて、

「きょう、うかがいましたのは……。」

と、説明を始めた。

「先生のお口ききで、米軍の手から、われわれを守っていただきたいとぞんじまして。……おねがいです。……また、憲兵や、特高の関係者は殺されるといううわさなので、なんとか、先生のおことばで、ひとつ、なにぶんのおはからいを……。このとおりでございます。」

ふたりは、いくたびも、おじぎをした。

ことに、憲兵の将校は、東京にある、ほうぼうのアメリカ兵のほりょを入れてお

いた収容所で、うんとざんこくなことをして、ほりょたちを、いじめてきたので、それが、ほりょの口からもれたら、たいへんだ。……だから、ぼくに、収容所へいって、うまく、ほりょたちをなだめて、ぶじにおさめてくれ、というのだった。

ぼくは、きいていて、だんだん腹がたってきた。やれ、スパイだの、国賊だのと、ひどいでっちあげをして、さんざん、ひどい目にあわせた本人どもが、形勢がこうしてがらりと一変するとともに、なんというだらしのないことだ！

だいいち、かれらは、なんという、あわてかたをするのだろう。なんの力もないこのぼくに、なにができると思っているのだろう……。いくたびも、ぶたばこからひきだされては、いじめぬかれたときのぼくと、いまのぼく――敗戦国民のひとりでしかないぼくとの間に、なんのちがいがあろう。

せいぜい、顔つきが外国人ににているということいがい、どこに、ふつうの日本人にまさる力があるのだろう？　ひとりの混血児でしかない、無力なぼくは、あの戦争のときと同じに、いまだって無力だし、これからだって、無力であるのにかわりはない。

「こまりますね。なにか、みなさんは、思いちがいをしているようですね。ぼくには、ごらんのとおり、なんの力もありゃしない。ぼくに、なにができるんです。」

ぼくは、むしゃくしゃしてきた。

でも、ほんとうは、うれしかった。いよいよ、日本から、兵隊や、おそろしい秘密警察がなくなるのか。——と思うと、この軍人や役人どもを、そうつっけんどんに追い帰すほどの、にくしみがなくなってきた。

それからのちも、毎日とどけてくれるプレゼントは、気持ちよくもらっていた。そして、万一のときは、なんとか、ぼくにできることがあったら、してあげようといった。

いま考えると、ばかげた話で、ぼくひとりの力で、なにがどうなるものでもないのに、あまりに大きなショックで、頭がへんてこになっていたかれらには、混血児としてのぼくが、よほど有力なものに思えたのだろう。

レミは生きている

占領された日本、毎日、かわいそうな混血児が、どこかで生まれている日本。あみの目のように、はりめぐらされた、アメリカの軍事基地が、日一日と、ふえていく日本。

それでも、春はすみれがにおい、さくらがさき、ちょうが遊ぶ。夏の富士・アルプスは美しい。秋のもみじ、秋の京都は絵のようだ。冬のながめも、戦争前とすこしもかわらないこの日本。

だが、すっかり、かわってしまった。かわいそうなレミが、ぞくぞくと、生まれているからだ。

ぼくは、戦争中のような、悲しい、腹だたしい日々を送ることがなくなったかわりに、またしても、とりつく島もないさびしさに、胸をかきむしられるようになった。

冷たいすきま風……。なんとかして、ふせがねばならぬ。冷たい風……、それが、「あいのこ」とよばれ、「戦争のおとし子」とさげすまれる、混血児たちの世界から、すうすうと、ふいてくるのだ。

そして、このすきま風をふせぐ仕事をするのは、おまえだ、という声をきくのだ。その声は、天のどこからかきこえてくる。

ぼくは、ぼくにできることを、しなければならないと思った。ぼくだけにしか、できないこと……。それは、ぼくのような立場の者でなければ、やりにくい仕事なのだ。

悲しい母親が、日一日とふえていく。

ぼくたちのように、わりあい、めぐまれた家庭に育った者ですら、命がけで劣等意識（自分は、世間のだれよりもおとっているのだという、自分をいやしく思う心）と戦わなければならなかったのだ。

戦争前にも、日本にはずいぶん多くの混血児がいた。が、かれらのおとうさんやおかあさんたちは、みんな、ちゃんとしたひとたちだった。そして、ぼくたち（戦争前の混血児たち）は、父母の愛情にむかえられて生まれたのだ。それでも、けっして、幸福ではなかった。たとえば、ぼくのように。

ところが、太平洋戦争のあとで生まれた日本の混血児たちは、どうだろう？　すてられた母、だまされた母の子なのだ。冷たい父……とうとう、一生、顔も見られないであろう父の子なのだ。

ぼくは、あたえられた仕事として、この問題にぶつかっていかなければならない。——と思った。そして、それには、どうすればいいか。——ぼくは、それを毎日考えた。

同じように暗い運命にうち勝って、ついに、りっぱなよい仕事をした人々は、混血児の中にいないかな？——と、さがした。やがて成長する、不幸なレミたちの心のよりどころ、人生の道しるべとなってやる人たちを……と、もとめた。かれらに、どうどうと胸をはって歩くことを教え、力づけてくれる人々を……と、もとめた。

そして、まず、あの有名な、オペラ歌手の藤原義江《ふじわらよしえ》さんと、映画でおなじみの江《え》川宇礼雄《がわうれお》さん、シャンソンの佐藤美子《さとうよしこ》さん、そして、東京交響楽団の指揮者渡辺暁《わたなべあけ》雄《お》さんに相談した。

このかたがたは、よろこんで力を合わせ、混血児のために、救いの手！ はげましの声！ を、あたえてやろうといってくれた。そこで、ぼくたちは、五三会という会をつくって、混血児を救え！ とよびかけた。レミはもう、ぼくたちの時代だけでたくさんだ。

この子たちが、おとなになったら、どうだろう。悲しいひとりぼっちの生活をがまんしていなければならないとは、あまりにもかわいそうではないか。

混血の子は、いたずらだといわれている。とても、らんぼうで、反抗心が強いともいわれている。

しかし、ぼくでさえ、めぐまれた生活をしていたぼくでさえ、小・中学校時代は、いろいろと、まわりからおしつけられるいじわるや、冷たいしうちに、はじめのうちは、じっとだまって、がまんしていたが、だんだんと、それをはねのけようという気持ちになってきた。それを反抗というのならば、反抗でもいい。おさないながら、身を守る方法を考えただけなのだから。

しかし、それは、ほんとにむずかしい仕事だった。金もなく、ひまもないぼくには、せいぜい、かれらの収容されている施設へたずねていってやって、お話をしてやるとか、遠足につれていってやるとか、なにか、よろこびそうなおみやげを持っていってやるとか、――そのくらいのことしかできないのだ。

また、日本人の家庭の、あたたかい空気をすわせてやるために、ときどき、うちへきて、とまらせてやるぐらいがせいぜいなのだ。

が、とにかく、ぼくは、かれらを見、かれらに接すれば接するほど、この仕事が、どんなにむずかしいことか、ということがわかってきた。そして、どうやら、ただ一片の同情心や感傷などでは、とてもだめ、もっともっと、しっかりとした心がまえが必要だということを知った。

たとえば、こんなことがあった。ある施設へ遊びにいった。すると、いっせいに、かわいい子どもたちが、センセイ、センセイといって、とびついてくる。ぼくは、まっ先に、フランス人形のような白い子をだきあげてしまう。

黒い子も、だいてほしいという顔つきで、すがりついてくる……。はっ！　として、思わず、ぼくは手をひっこめる。

「きたないな……。」と思う。……そして、つぎのしゅんかん、ぞっとしてくる。「とんでもないことをしてしまった……。」と、さしつらぬくような、はずかしい、くやしい、自分がいけないのだ……という後悔の気持ちがわいてくるのだった。そうだ、心臓までが、しびれてくるような、「悪かった。」という気持ちなのだ。そして、あわてて、黒い子のほうにも、手をさしのべる。ああ、こんなことが、いくたびくりかえされたことだろうか。

自分も混血児でありながら、だれよりもふかく混血児を愛し、理解しているはずのこのぼくが、こんなに、まごついたり、あわてたりするなんて……。すなおに、黒い子をだいてやれないなんて……。ぞっとする。目の前が暗くなる。そんなことで、このむずかしい仕事がりっぱにはたせるのか？　日本人の冷たい目をとがめる権利があるのか！

そこで、ぼくは、妻や子どもたちに相談して、まず、K学園から、とりわけまっ黒な、さよちゃんと、きよちゃんのふたりをつれてきた。妻や子どもたちは、よろこんでさんせいし、協力してくれた。

ふたりとも、立川ですてられたニグロの子なのだ。ふたりは、帰るのがいやだと、泣いてあばれた。それほど、はじめて見る「ひとの家」の空気は、あたたかだったのだろう。

ところで、このふたりをとめた晩のことだった。……世にもふしぎなことにぶつかったのだ。

遊びつかれたふたりは、ぐっすりとねむった。すると、ま夜中ごろだった。とつぜん、ふたりがふたりとも、ぐっすりねむったまま、ドシーン、ドシーンと、頭をかべにぶつけるのだ。それが、じつにはげしく……。ふかい夜のしずけさをやぶって、地ひびきするほどはげしく……。

妻も起きた。ぼくも、びっくりして目をさました。が、ふたりのかわいい黒い天使は、すやすやと、ねむりつづけていた。

あとで、このことを、施設の保母さんに話したら、にこにこほほえんで、

「あら、先生のおたくでもやりましたか?　ほんとにふしぎなのです。ニグロの子だけに、そういうくせがあるのですね。」

といっていた。

あまりふしぎなので、子どもを守る会の神崎さんに話したら、さびしい表情で、

「きっと、長年いじめられ、いためつけられてきたニグロの歴史が原因なのだろう。かれらは、祖先の代からなんとかして、白人のおそろしい鉄のくさりから解放されたいという悲しいねがいを、もちつづけてきたので……おさない者のゆめの中にも、そのような、のしかかる重い力をはねのけようとする努力が、ひそんでいるのだろう……。」

といっていた。

いまさら、こんな話は、古い、ききあきた、……といわないでください。いま、こうして、この原稿をかいている間にも、日本国じゅうの、アメリカ軍の基地のまわりや、アメリカ兵のいるところでは、あわれなレミが、歓迎されないおたんじょうを、くりかえしているのです。そして、ぼくのところへも、月に三人、四人の、気のどくな、すてられたおかあさんたちが、目を泣きはらして、相談にきているのです。

とりわけ、黒い子の母のなげきはふかい。

「ぼく、なぜ、おかあちゃんのように、白くならないの?」

ときかれたり、

「頭をあらっちゃいやよ。」

と、髪をあらうのを死ぬほどいやがる子の、悲しい声におびえたり（それは、ちぢれた髪の黒い子は、髪をあらうと、頭の五倍ぐらい髪がふくれてひろがり、まるで、はりねずみのようになるからだ）、ま夜中、だれもいない台所で、ごしごし、シャボンやかるいしでからだをこすって、どうかして、早く白くなりたい……と、いっしょうけんめいになっている、いじらしい子どもの話をきかせてくれる。

「なぜ、世間の目は、うちのぼうやにだけは、こんなに冷たいのでしょう。」

「赤い髪の子を見て、あの子はアメこうの子だ……ということばに、ひやりっとすることがあります。いつかは自分のことに気がつくときがくる……そのときが心配でたまりません。」

こういったまま、わっと泣きふすおかあさんたちに、もう十年の年月は流れ、いちばん大きな子は、来年は中学生だ。

ぼくは、白い子をもふくめて、戦争混血児たちのために、どうしたらいいか……

どんなことをしたらいいか……。いろいろ考えれば、考えるほど、暗い絶望におちていく。

日本の政府は、アメリカのことをえんりょして、助けてやろうとしない。お役所でも、「べつに、いまのところ、なにも、問題がおこっていませんから。」といって、知らん顔なのだ。

この子たちに、なんの罪があるのだろう?

「この、むじゃきな子どもたちは、日本で生まれ、日本で育ち、日本の国しか知らないのです。ひふの色や目の色や毛色がかわっていても、その血の中には、日本人のたましいが、やどっているのです。さあ、みなさん、この、身よりのない兄弟を、みんなで、やさしくいつくしんでやろうじゃありませんか。」

と、ぼくは、いま、この本を読んでくださる日本の少年少女に、よびかけたい。

そして、この子どもたちの中から、すばらしい芸術家や、技術者が、ぞくぞくと出てくれるように、いのっている。また、そうなる日のために、ぼくはいろいろと考えている。

かれらは大きくなっても、職場にも、結婚にも、めぐまれないだろう……。だから、まず、かれらの腕に、職をあたえることだ。腕に技術を、心にほこりを！

そうして、第二、第三のジョセフィン＝ベーカーが生まれるように……。音楽や、美術や、工芸や、スポーツを……きっと、いつの日にか、このすぐれた血すじは、日本の名をオリンピックにかかげてくれるだろう。

アメリカのエースたちが、多く黒人選手である……のと、同じように、日本のエースたちの中にも、すぐれた「混血の子」の名がきっと……。ああ、そんな日のために、ぼくは、かれらの天分に応じた教育を考えてやろうと思う。

ああ、レミたち！　ぼくのかわいい後輩たち……土曜日と日曜日を楽しみに、かわるがわる、ぼくの家にきて、すもうをとったり、歌をうたったり、野や山で、どじょうつりをしたり、ときにはすいか畑で、もちまえのいたずらをしては、やさしいお百姓さんに、どっさりおみやげをもらって帰るレミたちのために……。

そうだ……レミは生きているんだ！　そして、日本の健康な成長といっしょに、すくすくと、育っていくのだ。

すべての偏見と差別とが、新雪のようにとけさって、平和な日がつづくかぎり、レミは、きっと、みなさんのいい同胞として、明るくのびていくでしょう。

あとがき

「レミは生きている」が、数年前……いや、二十年近く前に、世に出たころのことを思うと、うそのようである。あのころは、混血の子というと、特別あつかいされ、きらわれたり、いじめられたり、好奇心の対象にされたり……それはもう、想像をこえた、偏見と差別をうけていたのである。ところが、歴史は足が早い……今日では、むしろ、うらやましがられるようなありさまである。あのころ、生まれた子たちも、いまでは二十数歳のりっぱな成年男女となり、社会のいろいろな面で活躍している。

「レミは生きている」の世界は、遠く、はるかな、かすみのかなたになってしまった。

だから、見かたによれば、この本は、日本の、暗い、やりきれない時代が生んだ、遺物のような性質をもった、「記念碑」みたいなものになってしまったわけだ。

いわば、日本の、あの時代の一面を象徴する、「文化史的証拠」の役割をになったものといえるだろう。

でも、ふしぎなもので、今日でも、この本を読んでくれた若い人たちや、小学校・中学校の純真な少年少女たちから、長い長い感激の手紙が、月に二、三通は舞いこんでくる。

いまさらのように、いわれなき差別や、偏見に対する怒り、しいたげられた子たちへの同情……などを、こもごもにつづった手紙が、ぼくを、ふるい立たせてくれるのである。

この本が、今日でも、まだ新鮮な感動をそうした若い人たちの心に起こさせるということは、けっして、ただたんなるセンチメンタルなことがらではないと、自分自身にいいきかせずにいられない。

たしかに、今日では、もう表面的には、いちおう差別や偏見のようなものこそ、姿をうすめているようだが……それは、うわべだけなのだ。ぼくのところには、今日でもなお、「石をもて追われる」ごとき、残酷《ざんこく》なしうちが、社会のいたるところで、隠微《いんび》のうちにくりかえされている事実が、多くの成人した混血児たちの口から、訴えられてくるのである。

ぼくは、もうぼくの仕事は終わった……と安心してはいられない……この本の中で、めちゃめちゃに動きまわっているぼくも、もう七十歳をこえたおじいさんなのだが、まだ、とび出していって、理由のない冷酷《れいこく》な差別と、まっこうから対決しなければならないばあいが、ときどき、やってくるのである。

アメリカ人が、黒い人々をいつまでも毛ぎらいするのと似たような悲しい現実が、まだ、日本に……戦争の思い出が、茫々《ぼうぼう》と消えかかっているいまもなお、のこっているのだ。

だから、まだまだ、この本の役割はつづくだろう。

いっかいの詩人でしかない、老いさらばえたこのぼくに、いつになったら、「安心しろ。」という神の声が、きこえてくることだろう。

終わりに……この本の中に出てくるレミたちだけでも、せめて、幸せ深い日のつづきますように……と、祈らずにいられない。

一九七六年の冬　松戸の丘で　平野威馬雄《ひらのいまお》

解説　父のこと

平野　レミ

私は平野威馬雄の長女です。名前はレミですが、「レミは生きている」とは直接は関係ありません。私のレミは、父の説明によると、ドレミのレミなのだそうです。そのせいかどうか、私は歌手になりました。でもほんとうのことはよくわかりません。父は子どものころお父さん（私から見れば祖父）に呼ばれたレミという名前が、深く心にのこっていたのだと思います。父にとっては、レミは混血児を象徴《しょうちょう》する名前で、この本の最後に書いてあるように、父は戦後、大ぜいの混血児たちのめんどうを見ていましたが、その子たちのことを「レミの会」と名づけています。

私も混血ですけれど、四分の一なので、外見はほとんどわかりません。私はからかわれたり差別されたりしたことはありませんが、父はずいぶんいじめられたり、悲しい思いをしたことが、この本を読んでもわかります。私や母が、「お父さんは鼻が高くてかっこいいわね」などというと、「顔のことをいうな！」と怒《おこ》ったものでした。年をとっても、父の心の傷《きず》は、すっかりなおっていなかったみたいです。

混血児に対する偏見《へんけん》は、父の時代だけでなく、戦後も根づよくのこっていて、「レミの会」の子どもたちがつらい目にあうことを、私は身近に知っていました。ほんとうに身近で、私が子どものころは、混血の子どもたちが十数人、いつも私の家に寝とまりしていたのです。毎日が修学旅行のようでした。

父もまだ若く、熱血漢で、父親がいないことで法律的に困っている母親の話をきくと、自分が認知して戸籍に入れてあげたり、学校で混血だという理由で差別されているというニュースを知ると、その学校に抗議にいったり、いじめられたあげく、相手をなぐって殺してしまった少年の弁護を買ってでて裁判所に通ったり、それはそれは嵐《あらし》のような毎日でした。

私も母をてつだって、彼らのためにご飯をつくりました（それが歌手兼料理愛好家としての今の仕事にずいぶん役だっています）。パール・バック女史が混血児問題を父と話しあうために、わが家を訪ねてくれたこともありました。何百人もの混血児が母親につれられて、父のところにきました。今でも私たちとつきあっている子もたくさんいます。ぷっつりと消息のわからない子もいます。「あんなに世話になったのに、手紙もくれないなんて」と私が文句をいうと、父は「それでいいんだよ。おれが必要じゃないというのは幸せになったことなんだから」といっていました。

父は七十歳を過ぎても、外国にいこうとはしませんでした。英語もフランス語も、読み書き・会話ができるのに。父は「京都が焼けたら外国を見物してもいい」といったこともあります。京都が好きで、外国にいきたがらなかったのも、今にして思えば、混血児としての心の傷があったからかもしれません。でもその父が、「いこう」といったのです。

それは、私が結婚してからのことでした。ちょっと遅めの新婚旅行でサンフランシスコにいった時、私は夫（和田誠）に、「サンマテオってこのへんかしら？」ときさきました。どうして？ときく夫に、「私の父の父のお墓がサンマテオにあるはずだから」といいました。

サンマテオにおじいさんのお墓があることを父からきいていましたが、それだけの知識でした。父にとってもそうだったのです。でもその時、夫が「いってみようか」といい、調べたらサンフランシスコから車で四十分ほどの距離でした。私たちはサンマテオにいき、墓地を見つけ、管理人におじいさんのお墓を教えてもらいました。お金持ちらしい大きなドームに埋葬《まいそう》されていることはわかりましたが、名前が刻まれていないのです。二人の息子を日本においたままだったので、親戚《しんせき》が埋葬まではすませたけれど、名前は彫《ほ》らなかったのでしょうか。

帰って父にその話をすると、父はすぐ「いこう」といいました。それが父の初めての外国旅行になりました。夫がお墓につけるプレートをデザインしてもっていき、やっとお墓を完成させたのです。

おじいさんには兄弟がいて、みんな日本にきていたことは父からきいていました。兄のオーガスタスさんは横浜の外人墓地に眠っていて、このお墓は父につれられて、ときどきいったことがあります。弟のロバートさんはたしか長崎だよ、と父がいったことを思い出して、長崎出身のお友だちに話したら、その人がロバートさんのお墓を見つけてくれました。ヘンリィおじいさんのお墓は私が見つけ、三人兄弟みんなのお墓参りをすることができたわけです。

父は一九八六年の十一月に亡《な》くなりました。亡くなる二日前に「外人墓地にはいりたいね」といいました。その日はとても元気だったので、冗談《じょうだん》をいっているようでしたが、亡くなってから思い出すと、それが遺言《ゆいごん》のように思えてきたのです。父は横浜が大好きでした。この本にも書いてあるように、幼い日の思い出がいっぱいある街だからでしょう。亡くなってから父の詩集を読んだら、自分が死ぬということを、「ヨコハマのなつかしい異人墓で眠りつく」と表現しているところがありました。

父はいつも着物を着て、茶室にすわって、お香《こう》をたいて、書を書いていました。京都のお寺が好きで、お正月やお節句などの日本的な行事が好きで、だれよりも日本人でした。

でも父はやっぱり混血児だったのでしょう。ふつう以上に日本的な生活をし、純日本人になりきろうとしたのは、混血児という運命を克服《こくふく》しようとしていたせいかもしれないと思えます。

父の血の半分は外国のものでした。晩年になってその血がさわいだのかもしれません。それとも、いつもその血はさわいでいたのに、死の寸前まで、それをかくしていたのかもしれません。

とにかく私は、父の望みをかなえてあげようと思いました。はじめはうまくいきません。混血児でも国籍では日本人ですから、外人墓地にはいる資格がなかったのです。そのうちに、おじいさんのこと、おじいさんの兄さんが外人墓地に眠っていることなどが証明されたり、横浜に住むジャーナリストの方たちが働きかけてくださって、父のお墓を横浜の外人墓地につくることができました（夫がまたデザインをしました）。

先日、父の三回忌《かいき》のころ、埋葬式と墓前祭を外人墓地でおこないました。親戚のほか、父の仲間の詩人たち、ジャーナリストの人たち、そして「レミの会」の子どもたちが大ぜい参列してくれました。

「レミの会」の子どもたちといっても、もう立派な大人。ほとんどお父さんやお母さんになっています。「私たちのふるさとは外国が見える港町だから」という人、「平野先生がここにいると思うと気持ちが大きくなる」という人、「平野先生は私たちの代表でここにいてくれるのね」という人、みんなが父が外人墓地に眠ることを喜んでくれました。

この本を読んで、明治時代の混血児だった父に興味をおもちになったら、横浜にいらした時は、ぜひ外人墓地を訪ねてみてください。

一九八八年十二月

新版解説

下地ローレンス吉孝
（ハワイ大学マノア校客員研究員）

日本人だとか、さうでないとか、問題ぢゃないんだな。ほんたうの自由人といふものを感じてから、インフェリオリティを感じなくなつたんです。淋しくなつたのは外國人とか、我國といふ言葉が出た時で、籍といふ喜劇的なものがあるからさういふ言葉があるんだ。いつたい、僕たち、どこの國なんです。混つてるといつても、籍は日本で、父はフランス人で、父の籍はアメリカだから、僕は三つにまたがつてゐて、祖國といふものがないんだな。どうしても祖國を考へる場合は生まれたところ、長く育つてなじんだところを祖國と考へるより仕方がない。さうすると僕にとつて「我國」といふものが日本よりないと考へたんです。

（「混血児に生まれて　座談会」『文藝春秋』一九五三年三月号、二三六頁）

二〇一五年八月十五日。名も無き「混血児」たちも多く眠るといわれている横浜・根岸の外国人墓地を私は訪れた。入り口にある案内板には、この墓地にかんする説明が日本語と英語で書かれている。この案内板にはかつて「第二次大戦後に外国軍人軍属と日本人女性との間に生まれた数多くの子どもたちが埋葬されている」という英文が記されていたが、横浜市が後にその文章自体を削除した。案内板に上塗りされた文字が時間の経過によって色褪せたことで、この記述が削除された事実が二〇一五年に発覚した。

「混血児」たちは、戦後日本社会のなかで、「恥辱」「戦争の落とし子」とみなされ、長い間、その存在が「なかったもの」として歴史的に隠され続けてきた。まさに「消された」「忘れ去ろうとされた」存在だった。しかし、かれらを消し去ろうとする社会の力に争《あらが》い続けてきた一人の人物がいた。平野威馬雄氏である。上塗りの歴史さえ色褪せた、そのさらに下に摩耗した文字の跡形としてだけわずかに残る、誰にも見向きもされなくなりそうな存在。外国人墓地で私は「混血児」たちを思い、祈りをささげた。威馬雄氏もそこに眠っていたことを、その時はまだ知らなかった。

戦後、日本社会では「混血児問題」という形で、日本の女性と米軍人（広島県・呉などでは豪州系軍人）の間に生まれた多くの子どもたちをめぐるイシューが社会問題として新聞や雑誌などで大きく報道された。養育をめぐる問題、貧困、人種差別、教育など、その問題は多岐にわたっていた。しかし、日本政府は人口調査や指導資料を配布するのみにとどまり、問題の解決を先延ばしにし続けた。この無策の策であった当時の「混血児対策」に警鐘を鳴らし、このイシューを個人の責任に帰すのではなく「社会の責任」

だとして立ち上がったのが、平野威馬雄氏であった。児童養護施設や社会福祉協議会などの団体が混血児問題に対応するなか、当事者による団体は当時の他の運動とは一線を画していた。

一九五三年、威馬雄氏は歌手の藤原義江氏や佐藤美子氏、俳優の江川宇礼雄氏らに声をかけ、「混血児を守る運動」をしようと一九五三年の会を立ち上げた。一九五三年の会は「混血児」の現状視察と講演会を全国的に展開し、自身の経験と問題の現状を社会へと訴えた。その後、会の流れを汲む形で、威馬雄氏がレミの会を設立した。威馬雄氏は「混血児」を子どもにもつ母親たちの相談役をつとめ、学校で子どもたちが「アイノコ」と言われ差別されると相談を受ければ教育委員会に直接掛け合いに行き、結婚を認めてもらえないという相談を受ければ米軍基地に出かけ結婚承諾書のサインをとりつけたという。また、法律上の父を持たない子どもたちを自らの戸籍にいれ、数十名の「混血児」の父親となった。本書に書かれている通り、葛藤を抱えながら、その葛藤と向き合いながら、活動を何十年と続けてきた。

また、レミの会は、威馬雄氏が単独で運営を行ってきたわけではない。平野家に訪れた多くの子どもたちを、妻の平野清子氏、長女の平野レミ氏が料理をしてもてなした。孤独になりがちな日本社会の厳しい現実のなかで、温かい料理を囲む平野家での食卓は、かれらの拠り所となっていた。混血児救済運動を続ける威馬雄氏は、常に家族と共にあった。

威馬雄　ウチのお母さん（引用者註・清子氏）はいいとこある。戦後、それまで伏字ばかりだったエミール・ゾラなどの本が訳せるようになってボカボカ仕事してお金が入ったらね、「このお金の使い道考えましょう。あなたじゃなきゃ、できないことがあるはずだ」って……（中略）「いい家に生《うま》れたあなたでさえ混血であるためにこんなに苦労した。あの子たち（引用者註・戦後の混血児たち）のために何かおやりなさい」オゥ、いいこというじゃあねえか

清子　私、お金はほしくなかったの。もっと自由なものがほしかった（後略）

威馬雄　それでこんなせまい家に一時は百人もの混血児たちが集まってサ、彼らの食事から寝る世話までお母さん一人でやるわけだ

レミ　私もやったでしょ。でも私お父さんの苦しい顔っていうのもまだ一度も見たことないわよ

威馬雄　そりゃそうだよ、イヤなことならすぐやめちゃうもの

（朝日新聞、一九七二年六月一八日、朝刊二四面）

「レミの会」はその後、米軍占領下の沖縄にまで活動の幅を広げ、「混血児問題」につ

いての啓蒙活動や、当事者の保護、若者のコミュニティづくりや就職斡旋などに奔走し、本会は八十年代ごろまで活動を継続していくこととなった。威馬雄氏は終戦から十九年後に雑誌『婦人生活』において以下のように語っている。

敗戦の街の土の下から無数に生まれた赤い髪の子、黒い肌の子。その子たちも青春を迎えた。宿命に哭き、嘲笑に傷ついた悲しき歳月を超えて……。だが、僕は叫びたい。戦後はまだ終わっていない！混血児は生きている！

（「混血児は生きている！」『婦人生活』一九六四年八月号、一七〇頁）

戦後に生まれた「混血児」たちは、現在七十歳代にさしかかっている。そして今は様々な背景の「ハーフ」や「ミックス」と呼ばれる人々の人口が年々増加している。すれ違う人であり、友達であり、恋人であり、パートナーであり、同僚であり、家族や親戚である、日本社会に暮らす一人一人だ。「レミは生きている」。

今も続く日本社会の問題

平野威馬雄　落語なんかが好きだし、お茶もやるし、お活花《はな》も好き、それで日本に生まれて外國にも行かずに、五十年間、ちゃんと日本人としてやつてゐるにも拘らず、「あの人、外國人にしては器用で」とか……

佐藤美子　「日本語がうまいわねえ」ナンてね。

平野威馬雄　「にほんのものがやっぱり珍しいのかしら」ナンていはれると癪にさはるな。僕は俳句もやるんだ。さうすると皆、エキゾティシズムを感じやがるんだ。

佐藤美子　私なんか、ふだん着物を着てゐるでせう。うちで着物を着て育つたんですもの。それがお客さんのところへ着物で出ると、みんなビックリして「まァ、着物を着られるんですか、お上手に着ますね」なんて云はれる。歌舞伎なんか、小さい時から見せられたから、割合によく知つてるんですよ。それなのに「まァ、歌舞伎もおわかりになるの」なんて、癪に障るわね。

（「混血児に生まれて　座談会」『文藝春秋』一九五三年三月号、二三九頁）

ただでさえ、合いの子、合いの子と特別扱いされるでしょう、それが、進学、就職となると片親しかいないでは、子どもの出来がよかろうと悪かろうと、頭からお断りなんですよ。おふくろさんが泣きこんでくる。先生、何とかしていただけないでしょうか。実に深刻なんですな。とくに、黒人との混血児をもつお母さんの悩みは、想像もできないくらいですよ。私が、親父代りで役に立つんなら、まだお安いご用ってわけで、いつの間にか、子どもがふえちゃったわけです。

（朝日新聞、一九六五年八月三日、朝刊一一面）

「ハーフ」や「ミックス」と呼ばれる人々の経験を聞き取ってきた私自身は、米兵の祖父と沖縄の祖母の間に生まれた「混血児」である母を持ち、「クオーター」ということになる。また、「ハーフ」の当時者として人々の日々の生活の辛さが少しでもなくなるように、と研究・発信活動を続けたケイン樹里安（本書の刊行される二〇二二年に三十三歳の若さで亡くなってしまったことが惜しまれる）、南米ミックスでアートやイベント企画を担当するセシリア久子と共に「ＨＡＦＵ　ＴＡＬＫ」という団体を立ち上げ、社会発信を続けてきた。

スポーツや芸能界での活躍は注目されるものの、かれらをめぐる人種差別の現実は手付かずのまま温存され、すでに約百年の時を越えようとする威馬雄少年の時代から未だに消えずに残されている。調査やインタビューの結果からも明らかなように、現在でも多くの「ハーフ」や「ミックス」が、「日本語上手ですね」や「日本に来て何年ですか？」、「日本人以上に日本人らしい」といったような無自覚の偏見（マイクロアグレッション）から生まれる言葉に日常的にさらされるのみならず、学校でのいじめ、不動産の賃借や就職活動における差別など、具体的で制度的な差別が続いている。

威馬雄氏は、かれらの居場所を生み出しただけではなく、社会の問題として政策の不備も問題視してきた。人種差別の現実に立ち向かうため、国連からも勧告され続けている国内人権機関の設立と包括的差別禁止法案の制定が今も求められている。

「レミは生きている」。最後にこの言葉にもう一度立ち返ってみたい。威馬雄氏は「レミ」という言葉を多義的に用いている。また同様に、「生きている」も多義的に使われる言葉だ。心の中に生きている、生活者として日々の暮らしを生きている、文章や痕跡の中に生きている……。威馬雄氏が運動し居場所となり続けてきたこと、その後に続き発信され研究され続けてきたもの、そしてかつては「混血児」、いまは「ハーフ」や「ミックス」などと呼ばれる多くの人々の過去と現在のこと。レミは生きている。その意味は受け手によってプリズムのように多義的に広がる。そこに込められた意味を繰り返し考え続けていきたい。

東京五輪では八村塁選手が入場の際に旗手をつとめ、その存在感は世界中に注目された。同時に、塁選手の弟である阿蓮選手が、自身の差別経験（威馬雄氏の時代に使用されていたような差別用語をSNSで送られた）を公開したところ、塁選手は「こんなの、毎日のようにくるよ」と返事をした。何が続いてきたのか。何が起こってきたのだろうか。『レミは生きている』は、今まさに私たちに問いかける。今こそ私たちが出会うべき言葉がここにある。

思考の整理学　外山滋比古

アイディアを軽やかに離陸させ、思考をのびのびと飛行させる方法を、広い視野とシャープな論理で知られる著者が、明快に提示する。

質問力　齋藤孝

コミュニケーション上達の秘訣は質問力にあり！　これさえ磨けば、初対面の人からも深い話が引き出せる。話題の本の、待望の文庫化。（斎藤兆史）

整体入門　野口晴哉

日本の東洋医学を代表する著者による初心者向け野口整体のポイント。体の偏りを正す基本の「活元運動」から目的別の運動まで。（伊藤桂一）

命売ります　三島由紀夫

自殺に失敗し、「命売ります。お好きな目的にお使い下さい」という突飛な広告を出した男のもとに、現われたのは？（種村季弘）

こちらあみ子　今村夏子

あみ子の純粋な行動が周囲の人々を否応なく変えていく。第26回太宰治賞、第24回三島由紀夫賞受賞作。書き下ろし「チズさん」収録。（町田康／穂村弘）

ベルリンは晴れているか　深緑野分

終戦直後のベルリンで恩人の不審死を知ったアウグステは彼の甥に訃報を届けに陽気な泥棒と旅立つ。歴史ミステリの傑作が遂に文庫化！（酒寄進一）

向田邦子ベスト・エッセイ　向田邦子　向田和子編

いまも人々に読み継がれている向田邦子。その随筆の中から、家族、食、生き物、こだわりの品、旅、仕事、私……、といったテーマで選ぶ。（角田光代）

倚りかからず　茨木のり子

もはや／いかなる権威にも倚りかかりたくはない……話題の単行本に3篇の詩を加え、高瀬省三氏の絵を添えて贈る決定版詩集。（山根基世）

るきさん　高野文子

のんびりしていてマイペース、だけどどっかヘンテコな、るきさんの日常生活って？　独特な色使いが光るオールカラー。ポケットに一冊どうぞ。

劇画ヒットラー　水木しげる

ドイツ民衆を熱狂させた独裁者アドルフ・ヒットラーとはどんな人間だったのか。ヒットラー誕生か

ねにもつタイプ　岸本佐知子

何となく気になることにこだわる　ねにもつ。思索奇想、妄想はばたく脳内ワールドをリズミカルな名短文でつづる。第23回講談社エッセイ賞受賞。

TOKYO STYLE　都築響一

小さい部屋が、わが宇宙。ごちゃごちゃと、しかし快適に暮らす、僕らの本当のトウキョウ・スタイルはこんなものだ！　話題の写真集文庫化！

自分の仕事をつくる　西村佳哲

仕事をすることは会社に勤めること、ではない。仕事を「自分の仕事」にできた人たちに学ぶ、働き方のデザインの仕方とは。（稲本喜則）

世界がわかる宗教社会学入門　橋爪大三郎

宗教なんてうさんくさい!?　でも宗教は文化や価値観の骨格であり、それゆえ紛争のタネにもなる。世界宗教のエッセンスがわかる充実の入門書。

ハーメルンの笛吹き男　阿部謹也

「笛吹き男」伝説の裏に隠された謎はなにか？　十三世紀ヨーロッパの小さな村で起きた事件を手がかりに中世における「差別」を解明。（石牟礼道子）

増補　日本語が亡びるとき　水村美苗

明治以来豊かな近代文学を生み出してきた日本語が、いま、大きな岐路に立っている。我々にとって言語とは何なのか。第8回小林秀雄賞受賞作に大幅増補。

子は親を救うために「心の病」になる　高橋和巳

子は親が好きだからこそ「心の病」になり、親を救おうとしている。精神科医である著者が説く、親子という「生きづらさ」の原点とその解決法。

クマにあったらどうするか　姉崎等　片山龍峯

「クマは師匠」と語り遺した狩人が、アイヌ民族の知恵と自身の経験から導き出した超実践クマ対処法。クマと人間の共存する形が見えてくる。（遠藤ケイ）

脳はなぜ「心」を作ったのか　前野隆司

「意識」とは何か。どこまでが「私」なのか。死んだら「心」はどうなるのか。――「意識」と「心」の謎に挑んだ話題の本の文庫化。（夢枕獏）

モチーフで読む美術史　宮下規久朗

絵画に描かれた代表的な「モチーフ」を手掛かりに美術を読み解く、画期的な名画鑑賞の入門書。カラー図版約150点を収録した文庫オリジナル。

日本の村・海をひらいた人々　宮本常一
民俗学者宮本常一が、日本の山村と海、それぞれに暮らす人々の、生活の知恵と工夫をまとめた貴重な記録。フィールドワークの原点。（松山巖）

広島第二県女二年西組　関千枝子
8月6日、級友たちは勤労動員先で被爆した。突然に逝った39名それぞれの足跡をたどり、彼女らの生を鮮やかに切り取った鎮魂の書。（山中恒）

誘拐　本田靖春
戦後最大の誘拐事件。残された被害者家族の絶望、犯人を生んだ貧困、刑事達の執念を描くノンフィクションの金字塔！（佐野眞一）

責任　ラバウルの将軍今村均　角田房子
ラバウルの軍司令官・今村均。軍部内の複雑な関係、戦地、そして戦犯としての服役。戦争の時代を生きた人間の苦悩を描き出す。（保阪正康）

田中清玄自伝　田中清玄　大須賀瑞夫
戦前は武装共産党の指導者、戦後は国際石油戦争に関わるなど、激動の昭和を侍の末裔として多彩な人脈を操りながら駆け抜けた男の「夢と真実」。

戦場体験者　保阪正康
終戦から70年が過ぎ、戦地を体験した人々が少なくなる中、戦場の記録と記憶をどう受け継ぎ歴史に刻んでゆくのか。力作ノンフィクション。（清水潔）

東京の戦争　吉村昭
東京初空襲の米軍機に遭遇した話、寄席に通った話。少年の目に映った戦時下・戦後の庶民生活を活き活きと描く珠玉の回想記。（小林信彦）

私たちはどこから来て、どこへ行くのか　森達也
自称「圧倒的文系」の著者が、第一線の科学者に「いのち」の根源を尋ねて回る。科学者たちの真摯な応答に息を呑む、傑作科学ノンフィクション。

富岡日記　和田英
ついに世界遺産登録。明治政府の威信を懸けた官営模範器械製糸場たる富岡製糸場。その工女となった「武士の娘」の貴重な記録。（斎藤美奈子／今井幹夫）

ブルースだってただの唄　藤本和子
アメリカで黒人女性はどのように差別と闘い、生きてきたか。名翻訳者が女性達のもとへ出かけ、耳をすまして聞く。新たに一篇を増補。（斎藤真理子）

アフガニスタンの診療所から　中村　哲

ンでハンセン病治療、農村医療に力を尽くす医師と支援団体の活動。（阿部謹也）

アイヌの世界に生きる　茅辺かのう

アイヌの養母に育てられた開拓農民の子が大切に覚えてきた、言葉、暮らし。明治末から昭和の時代をアイヌの人々と生き抜いてきた軌跡。（本田優子）

本土の人間は知らないが、沖縄の人はみんな知っていること　矢部宏治

普天間、辺野古、嘉手納など沖縄の全米軍基地を探訪し、この島に隠された謎に迫る痛快無比なデビュー作。カラー写真と地図満載。（白井聡）

女と刀　中村きい子

明治時代の鹿児島で士族の家に生まれ、男尊女卑や家の厳しい規律など逆境の中で、独立して生き抜いた一人の女性の物語。（鶴見俊輔・斎藤真理子）

新編　おんなの戦後史　もろさわようこ　河原千春編

フェミニズムの必読書！　女性史先駆者の代表作。古代から現代までの女性の地位の変遷を、底辺の視点から描く。（斎藤真理子）

被差別部落の伝承と生活　柴田道子

半世紀前に五十余の被差別部落、百人を超える人々から行った聞き書き集。暮らしや民俗、差別との闘い。語りに込められた人々の思いとは。（横田雄一）

証言集　関東大震災の直後　朝鮮人と日本人　西崎雅夫編

大震災の直後に多発した朝鮮人への暴行・殺害。芥川龍之介、竹久夢二、折口信夫ら文化人、子供や市井の人々が残した貴重な記録を集大成する。

遺　言　石牟礼道子　志村ふくみ

未曾有の大災害の後、言葉を交わしあうことを強く望んだ作家と染織家。新しいよみがえりを祈って紡いだ次世代へのメッセージ。（志村洋子／志村昌司）

独居老人スタイル　都築響一

〈高齢者の一人暮し＝惨めな晩年？〉いわれなき偏見をぶっ壊す16人の大先輩たちのマイクロ・ニルヴァーナ。話題のノンフィクション待望の文庫化。

へろへろ　鹿子裕文

最期まで自分らしく生きる。そんな場がないのなら、自分たちで作ろう。知恵と笑顔で困難を乗り越え、新しい老人介護施設を作った人々の話。（田尻久子）

杉浦日向子ベスト・エッセイ　杉浦日向子

初期の単行本未収録作品から、若き晩年、自らの生と死を見つめた名篇までを、多彩な活躍をした人生の軌跡を辿るように集めた、最良のコレクション。

お江戸暮らし　杉浦日向子

江戸にすんなり遊べる幸せ。漫画、エッセイ、語りと江戸の魅力を多角的に語り続けた杉浦日向子の作品群から、精選して贈る、最良の江戸の入口。

向田邦子シナリオ集　向田邦子　向田和子編

いまも人々の胸に残る向田邦子のドラマ。「隣りの女」「七人の刑事」など、テレビ史上に残る名作、知られざる傑作をセレクト収録する。（平松洋子）

甘い蜜の部屋　森茉莉

天使の美貌、無意識の媚態。薔薇の蜜で男たちを溺れ死なせていく少女モイラと父親の濃密な愛の部屋。稀有なロマネスク。（矢川澄子）

貧乏サヴァラン　森茉莉　早川暢子編

オムレット、ボルドオ風茸料理、野菜の牛酪煮……。食いしん坊茉莉は料理自慢。香り豊かな〝茉莉ことば〟で綴られる垂涎の食エッセイ。文庫オリジナル。

紅茶と薔薇の日々　森茉莉　早川茉莉編

天皇陛下のお菓子に洋食店の味、庭に実る木苺……森鷗外の娘にして無類の食いしん坊、森茉莉が描く懐かしく愛おしい美味の世界。（辛酸なめ子）

遊覧日記　武田百合子　武田花・写真

行きたい所へ行きたい時に、つれづれに出かけてゆく。一人で。または二人で。あちらこちらを遊覧しながら綴ったエッセイ集。（巖谷國士）

ことばの食卓　武田百合子　野中ユリ・画

なにげない日常の光景やキャラメル、枇杷など、食べものに関する昔の記憶と思い出を感性豊かな文章で綴ったエッセイ集。（種村季弘）

クラクラ日記　坂口三千代

戦後文壇を華やかに彩った無頼派の雄・坂口安吾との、嵐のような生活を妻の座から愛と悲しみをもって描く回想記。巻末エッセイ＝松本清張

矢川澄子ベスト・エッセイ
妹たちへ　矢川澄子　早川茉莉編

澁澤龍彥の最初の夫人であり、孤高の感性と自由な知性の持ち主であった矢川澄子。その作品に様々な角度から光をあて織り上げる珠玉のアンソロジー。

わたしは驢馬に乗って下着をうりにゆきたい　鴨居羊子
新聞記者から下着デザイナーへ。斬新で夢のある下着を世に送り出し、下着ブームを巻き起こした女性起業家の悲喜こもごも。（近代ナリコ）

遠い朝の本たち　須賀敦子
一人の少女が成長する過程で出会い、愛しんだ文学作品の数々を、記憶に深く残る人びとの想い出とともに描くエッセイ。（末盛千枝子）

神も仏もありませぬ　佐野洋子
還暦……もう人生おりたかった。でも春のきざしの蕗の薹に感動する自分がいる。意味なく生きても人は幸せなのだ。第3回小林秀雄賞受賞。（長嶋康郎）

私はそうは思わない　佐野洋子
佐野洋子は過激だ。ふつうの人が思うようには思わない。大胆で意表をついたまっすぐな発言をする。だから読後が気持ちいい。（群ようこ）

色を奏でる　志村ふくみ・文　井上隆雄・写真
色と糸と織――それぞれに思いを深めて織り続ける染織家にして人間国宝の著者の、エッセイと鮮かな写真が織りなす豊醇な世界。オールカラー。

老いの楽しみ　沢村貞子
八十歳を過ぎ、女優引退を決めた著者が、日々の思いを綴る。齢にさからわず、「なみ」に、気楽に、と過ごす時間に楽しみを見出す。（山崎洋子）

おいしいおはなし　高峰秀子編
向田邦子、幸田文、山田風太郎……著名人23人の美味な思い出。文学や芸術にも造詣が深かった往年の大女優・高峰秀子が厳選した珠玉のアンソロジー。

パンツの面目ふんどしの沽券　米原万里
キリストの下着はパンツか腰巻か？　幼い日にめばえた疑問を手がかりに、人類史上の謎に挑んだ、抱腹絶倒&禁断のエッセイ。（井上章一）

新版　いっぱしの女　氷室冴子
時を経てなお生きる言葉のひとつひとつが、呼吸を楽にしてくれる――。大人気小説家・氷室冴子の名作エッセイ、待望の復刊！（町田そのこ）

真似のできない女たち　山崎まどか
彼女たちの真似はできない、しかし決して「他人」でもない。シンガー、作家、デザイナー、女優……唯一無二で炎のような女性たちの人生を追う。

品切れの際はご容赦ください

井上ひさしベスト・エッセイ　井上ひさし　井上ユリ編

むずかしいことをやさしく……幅広い著作活動を続け、多岐にわたるエッセイを残した「言葉の魔術師」井上ひさしの作品を精選して贈る。（佐藤優）

ひと・ヒト・人　井上ひさし　井上ユリ編

道元・漱石・賢治・菊池寛・司馬遼太郎・松本清張・渥美清・母……敬し、愛した人々とその作品を描きつくしたベスト・エッセイ集。（野田秀樹）

開高健ベスト・エッセイ　開高健　小玉武編

文学から食、ヴェトナム戦争まで――おそるべき博覧強記と行動力。「生きて、書いて、ぶつかった」開高健の広大な世界を凝縮したエッセイを精選。

吉行淳之介ベスト・エッセイ　吉行淳之介　荻原魚雷編

創作の秘密から、ダンディズムの条件まで。「文学」「男と女」「紳士」「人物」のテーマごとに厳選した、吉行淳之介の入門書にして決定版。（大竹聡）

色川武大・阿佐田哲也ベスト・エッセイ　色川武大／阿佐田哲也　大庭萱朗編

二つの名前を持つ作家のベスト。文学論、落語からタモリまでの芸能論、ジャズ、作家たちとの交流も。阿佐田哲也名の博打論も収録。（木村紅美）

殿山泰司ベスト・エッセイ　殿山泰司　大庭萱朗編

独自の文体と反骨精神で読者を魅了する性格俳優、故・殿山泰司の自伝エッセイ、撮影日記、ジャズ、政治評。未収録エッセイも多数！（戌井昭人）

田中小実昌ベスト・エッセイ　田中小実昌　大庭萱朗編

東大哲学科を中退し、バーテン、香具師などを転々とし、飄々とした作風とミステリー翻訳で知られるコミさんの厳選されたエッセイ集。（片岡義男）

森毅ベスト・エッセイ　森毅　池内紀編

まちがったって、完璧じゃなくたって、人生は楽しい。稀代の数学者が放った教育・社会・歴史他様々なジャンルに亘るエッセイを厳選収録！

山口瞳ベスト・エッセイ　山口瞳　小玉武編

サラリーマン処世術から飲食、幸福と死まで。――幅広い話題の中に普遍的な人間観察眼が光る山口瞳の豊饒なエッセイ世界を一冊に凝縮した決定版。

同日同刻　山田風太郎

太平洋戦争中、人々は何を考えどう行動していたのか。敵味方の指導者、軍人、兵士、民衆の姿を膨大な資料を基に再現。（高井有一）

兄のトランク　宮沢清六

兄・宮沢賢治の生と死をそのかたわらでみつめ、兄の死後も烈しい空襲や散佚から遺稿類を守りぬいてきた実弟が綴る、初のエッセイ集。

春夏秋冬　料理王国　北大路魯山人

一流の書家、画家、陶芸家にして、希代の美食家でもあった魯山人が、生涯にわたり追い求めて会得した料理と食の奥義を語り尽す。（山田和）

日本ぶらりぶらり　山下清

坊主頭に半ズボン、リュックを背負い日本各地の旅に出た〝裸の大将〟が見聞きするものは不思議なことばかり。スケッチ多数。（壽岳章子）

のんのんばあとオレ　水木しげる

「のんのんばあ」といっしょにお化けや妖怪の住む世界をさまよっていたあの頃——漫画家・水木しげるの、とてもおかしな少年記。（井村君江）

ねぼけ人生〈新装版〉　水木しげる

戦争で片腕を喪失、紙芝居・貸本漫画の時代と、波瀾万丈の人生を、楽天的に生きぬいてきた水木しげるの、面白くも哀しい半生記。（呉智英）

老いの生きかた　鶴見俊輔編

限られた時間の中で、いかに充実した人生を過ごすかを探る十八篇の名文。来るべき日にむけて考えるヒントになるエッセイ集。

老人力　赤瀬川原平

20世紀末、日本中を脱力させた名著『老人力』と『老人力②』が、あわせて文庫に！　ぼけ、ヨイヨイ、もうろくに潜むパワーがここに結集する。

東京骨灰紀行　小沢信男

両国、谷中、千住……アスファルトの下、累々と埋もれる無数の骨灰をめぐり、忘れられた江戸・東京の記憶を掘り起こす鎮魂行。（黒川創）

向田邦子との二十年　久世光彦

あの人は、あり過ぎるくらいあった始末におえない胸の中のものを誰にだって、一言も口にしない人だった。時を共有した二人の世界。（新井信）

東海林さだおアンソロジー　人間は哀れである　東海林さだお　平松洋子編

世の中にはびこるズルの壁、はっきりしない往生際……抱腹絶倒のあとに東海林流のペーソスが心に沁みてくる。平松洋子が選ぶ23の傑作エッセイ。

考現学入門　今和次郎　藤森照信編
震災復興後の東京で、都市や風俗への観察・採集から　はじまった〈考現学〉。その雑学の楽しさを満載し、新編集でここに再現。（藤森照信）

超芸術トマソン　赤瀬川原平
都市にトマソンという幽霊が！　街歩きに新しい楽しみを、表現世界に新しい衝撃を与えた超芸術トマソンの全貌。新発見珍物件増補。（藤森照信）

路上観察学入門　赤瀬川原平／藤森照信／南伸坊編
マンホール、煙突、看板、貼り紙……路上から観察できる森羅万象を対象に、街の隠された表情を読みとる方法を伝授する。（とり・みき）

自然のレッスン　北山耕平
自分の生活の中に自然を蘇らせる、心と体と食べ物のレッスン。自分の生き方を見つめ直すための詩的な言葉たち。帯文＝服部みれい（曽我部恵一）

地球のレッスン　北山耕平
地球とともに生きるためのハートと魂のレッスン。そして、食べ物について知っておくべきこと。絵＝長崎訓子。推薦＝二階堂和美（広瀬裕子）

ROADSIDE JAPAN 珍日本紀行 東日本編　都築響一
秘宝館、意味不明の資料館、テーマパーク……。路傍の奇跡ともいうべき全国の珍スポットを走り抜ける旅のガイド、東日本編一七六物件。

ROADSIDE JAPAN 珍日本紀行 西日本編　都築響一
蝋人形館、怪しい宗教スポット、町おこしの苦肉の策が生んだ妙な博物館。日本の、本当の秘境は君のすぐそばにある！　西日本編一六五物件。

ウルトラマン誕生　実相寺昭雄
オタク文化の最高峰、ウルトラマンが初めて放送されてから40年。創造の秘密に迫る。スタッフたちの心意気、撮影所の雰囲気をいきいきと描く。

ウルトラ怪獣幻画館　実相寺昭雄
ジャミラ、ガヴァドン、メトロン星人など、ウルトラマンシリーズで人気怪獣を送り出した実相寺監督が書き残した怪獣画集。オールカラー。（樋口尚文）

輝け！　キネマ　西村雄一郎
日本映画の黄金期を築いた巨匠と名優、小津安二郎と原節子、溝口健二と田中絹代、木下惠介と高峰秀子、黒澤明と三船敏郎。その人間ドラマを描く！

関西フォークがやって来た！　なぎら健壱
ク」。西岡たかし、高田渡、フォークルらの足跡を辿り、関西のアングラ史を探る。（タブレット純）

痛みの作文　ANARCHY
京都・向島の過酷な環境で育った少年は音楽と仲間に出会い奇跡を起こす。日本を代表するラッパーが綴る魂震えるリアル・ストーリー。（都築響一）

大正時代の身の上相談　カタログハウス編
他人の悩みはいつの世も蜜の味。大正時代の新聞紙上で129人が相談した、あきれた悩み、深刻な悩みが時代を映し出す。（小谷野敦）

横井軍平ゲーム館　横井軍平　牧野武文
数々のヒット商品を生み出した任天堂の天才開発者・横井軍平。知られざる開発秘話とクリエイター哲学を語った貴重なインタビュー。（ブルボン小林）

悪魔が憐れむ歌　高橋ヨシキ
政治的に正しくなく、安っぽいショックの中にこそ救いとなる表現がある。映画に「絶望と恐怖」という友人を見出すための案内書。（田野辺尚人）

バーボン・ストリート・ブルース　高田渡
流行に迎合せず、グラス片手に飄々とうたい続け、いぶし銀のような輝きを放ちつつ逝った高田渡の酔いどれ人生、ここにあり。（スズキコージ）

間取りの手帖　remix　佐藤和歌子
世の中にこんな奇妙な部屋が存在するとは！　間取りと一言コメント。文庫化に当たり、間取りとコラムを追加し著者自身が再編集。（南伸坊）

ブルース・リー　四方田犬彦
ブルース・リーこと李小龍はメロドラマで高評を獲得し、アクション映画の地図を塗り替えた。この天才俳優の全作品を論じる、アジア映画研究の決定版。

たまもの　神藏美子
彼と離れると世界がなくなってしまうと思っていたのに、別の人に惹かれ二重生活を始めた「私」。写真と文章で語られる「センチメンタルな」記録。

青春と変態　会田誠
著者の芸術活動の最初期にあり、高校生男子の暴発するエネルギーを、日記形式の独白調で綴る変態的青春小説もしくは青春的変態小説。（松蔭浩之）

ちくま文庫

新版《しんぱん》 レミは生《い》きている

二〇二二年八月 十 日 第一刷発行
二〇二四年四月十五日 第二刷発行

著 者 平野威馬雄（ひらの・いまお）
発行者 喜入冬子
発行所 株式会社 筑摩書房
東京都台東区蔵前二―五―三 〒一一一―八七五五
電話番号 〇三―五六八七―二六〇一（代表）
装幀者 安野光雅
印刷所 星野精版印刷株式会社
製本所 株式会社積信堂

ISBN978-4-480-43832-4 C0193